FUJIYAMA HYOUTA

DEAR GREEN

PUBLIÉ PAR GENTOSHA COMICS INC.

DEAR GREEN

SOMMAIRE

1
AU PREMIER ABORD, LE COPAIN DE RYOUKO ME PARUT PEU AIMABLE.
MAIS AVEC LE TEMPS...
JE ME RENDIS COMPTE QU'IL ÉTAIT SIMPLE-MENT TIMIDE ET UN PEU GAUCHE.

1

AU PREMIER ABORD, L'AMI DE RYOUKO ME SEMBLA ÊTRE UN M'AS-TU-VU.
MAIS LE TEMPS PASSANT...
JE ME RENDIS COMPTE QUE C'ÉTAIT EN FAIT QUELQU'UN DE SÉRIEUX ET JUSTE UN PEU MALADROIT.

QUOI... ? TU AS RENDEZ-VOUS AVEC OTOUMI ?
C'EST POUR ÇA QUE TU VEUX RENTRER ?
KANA, JE T'EN AVAIS DÉJÀ PARLÉ L'AUTRE JOUR, NON ? C'EST À CAUSE DE SON BOULOT.
ON N'A JAMAIS LE TEMPS DE SE VOIR.
OUI, MAIS... !
DÉSOLÉ, JE TE RAPPELLE.
...
C'EST PLUTÔT NOUS QUI N'AVONS JAMAIS LE TEMPS DE NOUS VOIR... !

DING DONG
OTOUMI ET MOI AVONS DÉMÉNAGÉ À TOKYO À 18 ANS POUR RENTRER À L'UNIVERSITÉ.
... SALUT.
IL N'A PAS UNE MINUTE À LUI ENTRE SON TRAVAIL ET LA RÉDACTION DE SA THÈSE DE DESIGN.
GNIIIC
... T'ARRIVES PLUS À MARCHER DROIT ?
J'AI PASSÉ LA NUIT AU BUREAU...
Je suis mort.
TU N'AS PAS DORMI ?
PRESQUE PAS.
JE DÉPOSE ÇA ET JE M'EN VAIS, SI TU PRÉFÈRES... ?
QUANT À MOI, J'AI SEMBLE-T-IL TROUVÉ MA VOIE DANS UNE TOUT AUTRE DIRECTION.
NON NON, C'EST BON...
J'AI PRÉFÉRÉ ARRÊTER LES ÉTUDES ET JE CUMULE PLUSIEURS PETITS BOULOTS POUR GAGNER MA VIE.

DES SOUVENIRS DE CORÉE, DE LA PART DE RYOUKO.
C'EST QUOI ?
C'EST LA HAUTE SAISON, ÇA DOIT ÊTRE CHER D'Y ALLER EN CE MOMENT.
POUR MOI, C'ÉTAIT DU KIMCHI.
AH OUI ?
ÇA DOIT ÊTRE PAREIL POUR MOI.
LES VACANCES D'HIVER APPROCHENT...
HM ? ÇA AUSSI, C'EST DE SA PART ?
OUI, POUR NOUS DEUX APPA-REMMENT.
TIENS.
FLAP
... 'SCUSE... TU VEUX PAS ME LA LIRE S'IL TE PLAÎT... ?
J'ai les yeux qui se ferment tout seuls...

RYOUKO ET OTOUMI NE SONT PLUS ENSEMBLE DEPUIS UN MOMENT...
HUM... « COMMENT ALLEZ-VOUS TOUS LES DEUX ?
JE REVIENS TOUT JUSTE D'UN PETIT VOYAGE EN CORÉE AVEC UNE COLLÈGUE DE TRAVAIL. »
MAIS NOUS CONTINUONS À RESTER EN CONTACT TOUS LES TROIS.
« C'ÉTAIT LA PREMIÈRE FOIS QUE JE QUITTAIS LE JAPON !
MAIS JE N'Y SUIS RESTÉE QU'UN WEEK-END... »
ÇA FAIT DÉJÀ PLUS DE CINQ ANS QU'OTOUMI ET MOI NOUS CONNAISSONS.
...
« RENTREZ-VOUS À LA MAISON POUR LE NOUVEL AN ?
N'OUBLIEZ PAS DE ME PRÉVENIR SI... »
...
Je m'en doutais un peu...
Rhooon

JE T'AI POURTANT DEMANDÉ SI TU VOULAIS QUE JE M'EN AILLE...
FLAP
METS-TOI AU LIT AU MOINS !
HO HISSE !
SCHPLAF
JE POSE TON PAQUET DANS LE FRIGO.
JE FERME DERRIÈRE MOI.
ET JE GLISSE TES CLEFS DANS LA BOÎTE AUX LETTRES.
... OK... MERCI...

Pfiouh...
... ENFIN... COMME D'HABITUDE !
IL AURAIT PU ME PASSER UN COUP DE FIL POUR ME DIRE QU'IL ÉTAIT EXTÉNUÉ À CE POINT...
JE SERAIS PASSÉ UN AUTRE JOUR...
SCHLACK

CLING
CLANG
JE PASSE BIEN PLUS DE TEMPS AVEC MES COLLÈGUES QU'AVEC LUI AU FINAL...
IL NOUS ARRIVAIT SOUVENT DE NE PAS NOUS VOIR PENDANT UN MOIS.
MAIS CETTE RELATION DISCONTINUE...
NE ME DÉRANGEAIT PAS PLUS QUE CELA.
HEIN ?
C'était pas ton jour de repos aujourd'hui ?
YUKARI, QU'EST-CE QUE TU FICHES ICI ?
TON PÈRE ME DONNE DES COURS SUR LE CAFÉ.
AYA ? C'EST PAS LA PREMIÈRE FOIS QU'IL VIENT ICI SES JOURS DE REPOS, NON ?

ÇA NE ME DÉRANGE PAS QUE TU VIENNES ICI.
MAIS EST-CE QUE T'AS PASSÉ UN COUP DE FIL À KANA AVANT ?
ELLE M'A DIT QUE TU L'AVAIS LAISSÉE EN PLAN POUR ALLER RETROUVER UN AMI ?
Les infos circulent vite...
TU AS FAIT ÇA ?
OUI, IL A FAIT ÇA !
La pauvre...
EUH, OUI...
ALORS QU'ELLE ÉTAIT TOUT EXCITÉE À L'IDÉE DE SORTIR AVEC TOI AUJOURD'HUI !
OUI, JE SAIS, MAIS J'AI AUSSI MES RAISONS...
Papa, tu me sers un thé ?
Bien sûr.
JE SAIS, C'EST UN AMI QUE TU NE VOIS QUASIMENT JAMAIS, C'EST ÇA ?
TU FAIS PASSER TES AMIS AVANT TA COPINE, C'EST TON CHOIX.
MAIS ESSAIE QUAND MÊME D'ÊTRE PLUS GENTIL AVEC ELLE.
Pourquoi je dois faire l'entremetteuse d'abord... ?
DÉSOLÉ, JE L'APPELLE DÈS QUE JE RENTRE.
JE COMPTE SUR TOI.

AYA, C'EST PRÊT.
CLANG
AH.
J'ARRIVE !
EXCUSE-MOI D'EN AVOIR PARLÉ À AYA, MAIS J'ÉTAIS TELLEMENT SOUS LE CHOC...
NON, C'EST MA FAUTE...
POUR ME FAIRE PARDONNER, JE T'ACCOM-PAGNE OÙ TU VEUX LA PROCHAINE FOIS, D'ACCORD ?
HAAA...
CLAC

JE M'EXCUSE ALORS QUE JE N'ÉPROUVE PAS LE MOINDRE REMORDS...
... MAIS BON, JE SUIS COMME ÇA, IL N'Y A PAS GRAND-CHOSE À Y FAIRE...
J'IMAGINE QUE CE N'EST PAS LE GENRE DE SITUATION DANS LAQUELLE SE METTRAIT OTOUMI...
IL A LA FÂCHEUSE MANIE DE DIRE CE QU'IL PENSE SANS PRENDRE DE GANTS...
PAS TOUJOURS AGRÉABLE À ENTENDRE, MAIS TELLEMENT MOINS FATIGANT...
HUM...
FORCÉMENT, CE N'EST PAS LA MÊME CHOSE ENTRE UN AMI ET SA COPINE.

QUELLE IDÉE DE LES COMPARER...
AH BON ? T'AS ARRÊTÉ LA FAC PARCE QUE...
TU VOULAIS OUVRIR UN CAFÉ ?
C'EST PAS LE GENRE D'AVENTURE DANS LAQUELLE SE LANCERAIT UN RETRAITÉ, PLUTÔT ?
OUI, PEUT-ÊTRE BIEN... C'EST COMME ÇA QUE MON PATRON A COMMENCÉ.
... TU FAIS PLUSIEURS PETITS BOULOTS EN MÊME TEMPS ?
Tu as la santé, toi.
OUI, DANS LE CAFÉ D'UNE DE MES CAMARADES DE FAC.
SI ÇA TE FAIT GAGNER ASSEZ D'ARGENT...
JE TE CONSEILLE DE TE CONSACRER PLEINEMENT À UN SEUL DE TES BOULOTS, ÇA SERAIT MIEUX POUR TOI, NON ?
POUR L'INSTANT, J'ÉCONOMISE LE PLUS POSSIBLE JUSQU'AU PRINTEMPS.
J'AI DÉPENSÉ TOUT L'ARGENT ENVOYÉ PAR MES PARENTS, DONC J'AI PLUS LE CHOIX !

MARRANT ÇA...
ON DIRAIT PAS, MAIS TU ES PLUS SÉRIEUX QUE TU N'EN AS L'AIR.
HA HA HA !
MAIS J'AIMERAIS PAS ÊTRE À LA PLACE DE TA COPINE.
ÇA DOIT PAS ÊTRE SIMPLE DE GÉRER ÇA. J'ESPÈRE POUR TOI QU'ELLE EST COMPRÉHENSIVE...
Point de vue temps et argent...
IL A TELLEMENT RAISON...
20 000 YENS DÉPENSÉS JUSTE POUR ME FAIRE PARDONNER L'AUTRE JOUR...

ELLE CONNAÎT MA SITUATION ET ELLE EST PLUTÔT TOLÉRANTE JE TROUVE...
ON SE VOIT DÉJÀ UNE FOIS PAR SEMAINE ALORS QUE JE NE RENCONTRE OTOUMI QU'UNE FOIS PAR MOIS...
J'en demande trop... ?
OTOUMI ?
C'EST MOI.

TU M'AS ATTENDU LONGTEMPS PAR CE FROID ?
J'ALLAIS JUSTEMENT GLISSER DANS LA BOÎTE AUX LETTRES...
CE QUE JE SUIS VENU T'APPORTER EN MAIN PROPRE.
HM ? DANS MA BOÎTE AUX LETTRES ?
CLING
TU ES REPARTI DE CHEZ MOI EN OUBLIANT LA LETTRE DE RYOUKO.
Yukari.
HEIN ?
Brr...
TU ES VENU JUSTE POUR ÇA ?
... PAS SEULEMENT...
JE VOULAIS AUSSI DISCUTER UN PEU AVEC TOI.

ON N'A PAS EU L'OCCASION D'ÉCHANGER UN SEUL MOT L'AUTRE JOUR.
C'EST VRAI...
Café moulu à la main
ALORS ?
T'ES TOUJOURS AUSSI DÉBORDÉ PAR TON BOULOT ?
ILS NE VEULENT PAS ME LAISSER RENTRER À LA MAISON...
C'EST CENSÉ SE CALMER VERS LA FIN DE L'ANNÉE.
MAIS J'AI MA THÈSE QUI M'ATTEND APRÈS.
DEPUIS QUE TU T'ES FAIT EMBAUCHER, TU BOSSES COMME UN ESCLAVE...

RRR
RRR
RRR
ALLÔ ? ...
AH, KANA.
OUI, JE VIENS DE RENTRER.
OUI.
HM ?

... EXCUSE-MOI, J'AI UN AMI À LA MAISON.
CLANG
TA COPINE ?
JE TE RAPPELLE DEMAIN POUR METTRE ÇA AU POINT, D'ACCORD ?
DÉSOLÉ.
OUI.
ÇA FAIT DEUX MOIS QUE VOUS SORTEZ ENSEMBLE, C'EST BIEN ÇA ?
... TROIS.
ÇA COMMENCE À FAIRE.
OUI, SI ON VEUT... MÊME SI ON S'EST DISPUTÉS L'AUTRE JOUR...
AH BON ?
OUI, LORSQUE JE SUIS VENU TE RETROUVER CHEZ TOI...

LE JOUR OÙ T'ES VENU CHEZ MOI ?
OUI...
POURTANT, JE T'AI PRÉVENU AU DERNIER MOMENT, NON ?
FORCÉMENT, SI TU ME FAIS PASSER AVANT TA COPINE, PAS ÉTONNANT QU'ELLE SE FÂCHE.
T'AURAIS PU ME DIRE QUE T'AVAIS RENDEZ-VOUS AVEC ELLE, C'ÉTAIT PAS PRESSÉ.
OUI, MAIS...
... JE VOULAIS TE DONNER LES SOUVENIRS DE RYOUKO AVANT QU'ILS SE PÉRIMENT.
C'était sous vide, non ?
ET JE SAVAIS PAS QUAND J'AURAIS PU TE REVOIR ENSUITE, DONC BON...

JE SAIS QU'ON NE SORT PAS SOUVENT ENSEMBLE AVEC KANA.
MAIS ON SE VOIT DÉJÀ UNE FOIS PAR SEMAINE...
C'EST MARRANT, J'AI L'IM-PRESSION QUE TU ME RACONTAIS DÉJÀ ÇA AU LYCÉE.
AVANT DE TE FAIRE IRRÉMÉDIA-BLEMENT PLAQUER...
OUCH...
...
JE ME DEMANDE POURQUOI ...
ON EST OBLIGÉ DE FAIRE PASSER SA COPINE AVANT SES AMIS...
BONNE QUESTION...

JE NE VOIS PAS EN QUOI C'EST SI TERRIBLE QUE ÇA.
LES PAROLES D'OTOUMI, M'ÔTAIENT SOUVENT DES ÉPAULES, UN POIDS QUE JE N'ARRIVAIS PAS À SUPPORTER.
MÊME S'IL SE CONTENTAIT SIMPLEMENT DE ME DIRE CE QUI LUI PASSAIT PAR L'ESPRIT.
Chuchote
COMME LORSQUE J'AI DÉCIDÉ D'ARRÊTER LES ÉTUDES...

« COMMENT VEUX-TU QUE TES PARENTS SOIENT D'ACCORD AVEC TA DÉCISION ? »
TU DIS ?
NON NON, RIEN...
« MAIS TANT QU'À FAIRE...
AUTANT EN PROFITER POUR ALLER JUSQU'AU BOUT DE TES IDÉES »
PFF...
Souvenirs souvenirs...
... QUOI ENCORE ?

C'ÉTAIT SANS DOUTE CETTE NONCHALANCE QUE J'APPRÉCIAIS LE PLUS EN LUI.
RIEN, JE TE DIS.
TU RESTES DORMIR ?
NON.
Je crois que t'as besoin d'une bonne nuit de repos.
YAJIMA...
TU ME RENTRES LA PANCARTE S'IL TE PLAÎT ?
Coffee
TOUT DE SUITE.

YUKARI !!
...800
.900
SALUT.
Décidément, les infos vont vite...
VIENS PAR ICI, TOI !
TU T'ES VRAIMENT SÉPARÉ DE KANA ?!
... OUI.
COMMENT T'AS PU FAIRE UNE CHOSE PAREILLE ?!
C'EST BIENTÔT NOËL, T'ES AU COURANT ?!
Haa... ça crie...
POURQUOI TU LA LAISSES TOMBER MAINTENANT ?!
... AYA...

CAR TU TRAVAILLES LE SOIR, C'EST ÇA ?
MAIS T'ÉTAIS PAS OBLIGÉ DE TRAVAILLER LA JOURNÉE ET LA NUIT ! TU POURRAIS FAIRE UN EFFORT POUR ELLE, NON ?
C'EST JUSTEMENT À CAUSE DE NOËL...
QU'ON S'EST SÉPARÉS.
AYA.
SI C'EST CE GENRE DE TYPE QUE KANA RECHERCHE, JE SUIS CLAIREMENT PAS CELUI QU'IL LUI FAUT.
...
TU VEUX DIRE QUE T'ES INCAPABLE DE LA FAIRE PASSER AVANT TON TRAVAIL... ?
EXACTEMENT.

CLAP
POUR LA JOURNÉE DE NOËL...
T'AURAIS PU M'EN PARLER, TU SAIS.
NON...
JE VOUS REMERCIE, C'EST MIEUX COMME ÇA.

TUUUT
TUUUUT
ALLÔ ?
YUKARI ? C'EST MOI.
NON.
AH.
TU NE RENTRES PAS POUR LE RÉVEILLON ?
TU ES ENCORE À TOKYO ?
PAS ENVIE DE SUPPORTER LES COMMÉRAGES DE MA FAMILLE...
ET TOI ALORS, QU'EST-CE QUE TU FAIS ?
JE RESTE ICI. J'ATTRAPE UN RHUME CHAQUE FOIS QUE JE RENTRE.
ET COMME J'AI MA THÈSE À RENDRE EN DÉBUT D'ANNÉE...
HA HA, C'EST VRAI QUE TU TOMBES TOUJOURS MALADE POUR LE RÉVEILLON.

TON BOULOT... ÇA S'EST UN PEU CALMÉ ?
J'ÉTAIS ENCORE DÉBORDÉ JUSQU'À HIER, ET J'AI DU FAIRE LE MÉNAGE DE TOUTE LA BOÎTE AUJOURD'HUI.
TU PARLES D'UN CADEAU.
ON A QUAND MÊME EU DROIT À UNE PART DE GÂTEAU. GRATUITE EN PLUS.
C'EST BIEN CE QUE JE DIS...
PERSONNELLEMENT, JE ME SUIS SÉPARÉ DE MA COPINE JUSTE AVANT NOËL.
... TU NE FAIS RIEN NON PLUS ALORS !
LE PATRON DE MON CAFÉ M'A OFFERT UNE BÛCHE...
AH OUI... ?

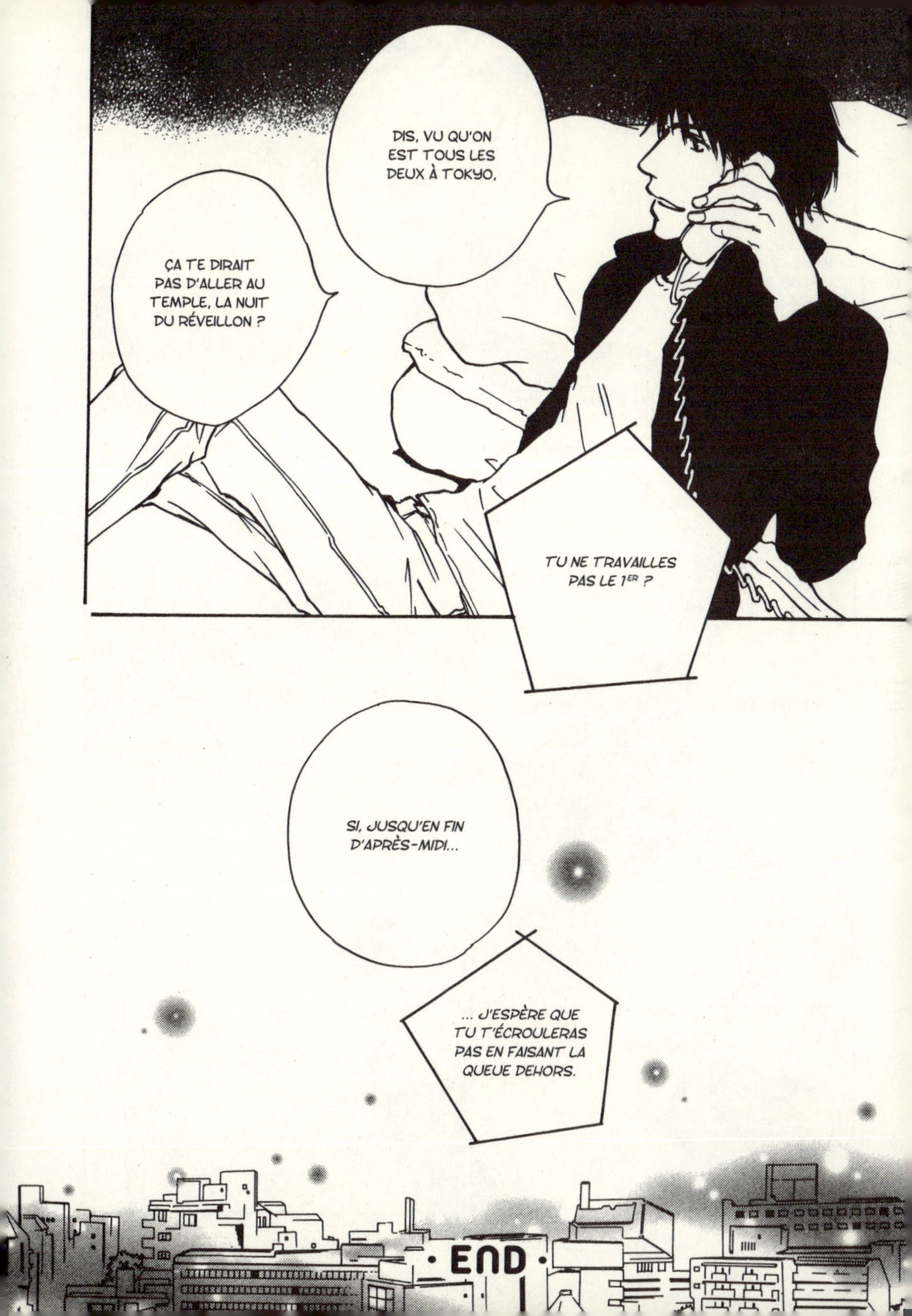
DIS, VU QU'ON EST TOUS LES DEUX À TOKYO,
ÇA TE DIRAIT PAS D'ALLER AU TEMPLE, LA NUIT DU RÉVEILLON ?
TU NE TRAVAILLES PAS LE 1ER ?
SI, JUSQU'EN FIN D'APRÈS-MIDI...
... J'ESPÈRE QUE TU T'ÉCROULERAS PAS EN FAISANT LA QUEUE DEHORS.
• END •

2

JE NE SUIS JAMAIS TOMBÉ AMOUREUX FOU.
1998
2
February
SUN MON TUE WED THU FRI SAT
JE NE SAIS PAS CE QUE C'EST D'ÊTRE ATTEINT PAR CE QU'ON APPELLE LA MALADIE D'AMOUR.
YUKARI A-T-IL DÉJÀ ÉPROUVÉ CE SENTIMENT ?
« JE ME SUIS SÉPARÉ DE MA COPINE JUSTE AVANT NOËL. »
Ryouko, ma première petite amie au lycée.
Depuis, je n'ai jamais eu à demander à une fille de sortir avec moi.
LA RAISON POUR LAQUELLE ...
JE ME POSE BRUSQUEMENT CETTE QUESTION...

VIENDRAIT-ELLE DU FAIT QUE JE ME SOIS FAIT DRAGUER...
PAR UN GARÇON DE MA SECTION...
ET PAR UNE FILLE D'UNE AUTRE CLASSE...
LE JOUR DU RENDU DE MA THÈSE ?
Haaa...
ON SE PREND FACILEMENT LA TÊTE AVEC DES CHOSES FUTILES LORSQU'ON N'A RIEN À FAIRE.
AH.

SUN CREATE
サン クリエイト
IL VA FALLOIR QUE J'AILLE RETIRER MON SALAIRE.
TE VOILÀ ENFIN !
JE ME DISAIS JUSTEMENT QUE J'ALLAIS FINIR PAR L'ENCAISSER À TA PLACE !
HO HO HO
Responsable à la comptabilité
Ce n'est pas drôle...
VOUS AVEZ BESOIN DE MOI AUJOURD'HUI ?
JE PEUX RESTER S'IL LE FAUT,
NON, NE T'EN FAIS PAS, TOUT S'EST BIEN CALMÉ.
T'AS TERMINÉ LA RÉDACTION DE TA THÈSE ?
LE RYTHME DEVRAIT S'ACCÉLÉRER EN AVRIL, PROFITES-EN POUR TE RAFRAÎCHIR LES IDÉES D'ICI LÀ.
IL A RAISON.
D'ACCORD ...

RIEN À FAIRE...
J'AI RENDU MA THÈSE, ET JE N'AI FRANCHEMENT PAS ENVIE DE ME REMETTRE À TRAVAILLER...
MAIS C'EST PAS TOUS LES JOURS QUE J'AI DU TEMPS LIBRE.
SI JE ME LOUAIS UNE SAISON DE SÉRIE TÉLÉ... ?
VROOM
QU'EST-CE QUE YUKARI VOULAIT VOIR DÉJÀ... ?
Caffe

OTOUMI ?
QU'EST-CE QUE TU FAIS LÀ ?
TU AS RENDU TA THÈSE ?
OUI, J'AI DU TEMPS LIBRE, ET COMME JE N'ÉTAIS JAMAIS VENU VOIR À QUOI RESSEMBLAIT TON LIEU DE TRAVAIL...
ÇA VA ?
ON S'EST PAS REVUS DEPUIS LE PREMIER DE L'AN !
BONJOUR ! YAJIMA, C'EST UN AMI ?
OUI, ON SE CONNAÎT DEPUIS LE LYCÉE.
IL S'APPELLE OTOUMI.
BONJOUR.
COURBETTE
ENCHANTÉ. TU ARRIVES AU BON MOMENT !

YAJIMA, TU N'EN AS PLUS QUE POUR VINGT MINUTES.
AH.
BONSOIR.
TU VEUX BOIRE QUELQUE CHOSE ?
AH, UN CAFÉ S'IL VOUS PLAÎT.
TOUT DE SUITE !
Bonsoir. vous désirez ?
Un gâteau au fromage avec du thé.
Un mont-blanc et un milk tea pour moi.
C'est noté, je vous apporte ça.

TU N'ÉTAIS JAMAIS VENU ICI AVANT ?
NON...
Un cendrier, svp.
Bien sûr.
C'EST MA FILLE QUI LUI A PROPOSÉ DE TRAVAILLER ICI IL Y A SIX MOIS.
IL SE DÉBROUILLE PLUTÔT BIEN AVEC LES CLIENTS.
RRRRR...
EXCUSEZ-MOI, JE REVIENS.
CAFÉ MIURA.
OUI, C'EST ICI.
C'EST MOI QUI VOUS REMERCIE, IL NOUS EST D'UNE TRÈS GRANDE AIDE.
NE QUITTEZ PAS, JE VOUS LE PASSE.
BIP
YAJIMA.
HM ?
OUI ?

C'EST POUR MOI ?
OUI, C'EST TA MÈRE.
QUOI ?
JE SUIS DÉSOLÉ, JE NE PENSAIS PAS RECEVOIR D'APPELS ICI...
ÇA A L'AIR URGENT.
ALLÔ ? QU'EST-CE QU'IL Y A... ?
GRAND-MÈRE...
DANS UN ÉTAT CRITIQUE ?
COMMENT ... ?

IL FAUT QUE JE PRÉVIENNE MON BOULOT AU PACHINKO !
CALME-TOI...
TU POURRAS T'OCCUPER DE ÇA UNE FOIS SUR PLACE.
Ah, et aussi...
MON PATRON A AUSSITÔT FAIT VENIR SA FILLE POUR ME REMPLACER.
ET IL M'A DONNÉ QUELQUES JOURS DE REPOS. TOUT VA BIEN DE CE CÔTÉ-LÀ.
AH ! FAUT QUE JE RETIRE DE L'ARGENT POUR ACHETER MES BILLETS DE TRAIN !
ET LES HORAIRES ? JE LES TROUVE OÙ... ?
... TA GRAND-MÈRE,
C'EST CELLE DONT TU M'AS DÉJÀ PARLÉ ?
OUI...

JE T'AVANCE L'ARGENT POUR TES BILLETS DE TRAIN.
QUOI ?
T'EN FAIS PAS, JE VIENS TOUT JUSTE DE RÉCUPÉRER MON SALAIRE.
JE VAIS TE LES ACHETER.
TOI EN ATTENDANT, VA PRÉPARER TA VALISE...
YUKARI !!
TU VIENS DE PARTIR DU CAFÉ ?
OUI, JE SUIS DÉSOLÉ,
JE FERAI MON POSSIBLE POUR REVENIR RAPIDEMENT.
YUKARI.
JE T'ATTENDS DEVANT L'ENTRÉE DE LA GARE, OK ?
HEIN ? NON, ATTENDS, JE...
AH... !
T'INQUIÈTE PAS, DÉPÊCHE-TOI DE PARTIR PLUTÔT.
TU PASSES CHEZ TOI AU MOINS, NON ?
OUI.
DÉSOLÉE ...
T'ÉTAIS AVEC UN AMI. J'AVAIS PAS FAIT ATTENTION.
AH, C'EST RIEN...

LA GRAND-MÈRE DE YUKARI S'ÉTAIT OPPOSÉE FERMEMENT À SON DÉPART DE L'UNIVERSITÉ,
MAIS ELLE AVAIT ACCEPTÉ LA DÉCISION DE SON PETIT-FILS APRÈS QU'IL LUI EN EUT EXPLIQUÉ LES RAISONS.
IL EN A AU MOINS POUR QUARANTE MINUTES AVANT DE REJOINDRE LA GARE,
EN COMPTANT LE TEMPS QU'IL FAUT POUR PRÉPARER SA VALISE...
みど
RÉSERVATIONS
EN FIN DE COMPTE, SA FAMILLE S'ÉTAIT MONTRÉE COMPRÉHEN-SIVE...
VIS-À-VIS DE SON CHOIX.
C'EST TOUT CE QU'IL M'AVAIT DIT SUR ELLE.
ET ÇA S'ÉTAIT TERMINÉ SANS PROBLÈME.

JE ME DEMANDE SI CETTE FILLE AUSSI EST AU COURANT DE CETTE HISTOIRE.
ÇA NE M'ÉTONNERAIT PAS, VU QUE C'EST ELLE QUI LUI A PROPOSÉ SON TRAVAIL ACTUEL.
PLUS LE TEMPS PASSAIT ET PLUS CE GENRE DE PENSÉES FUTILES ENVAHISSAIENT MON ESPRIT…
OTOUMI !

CHANGEMENT À LA GARE D'ECHIGO-YUZAWA, ATTENTE DE 14 MINUTES.
ARRIVÉE VERS DIX HEURES ET DEMIE SI JE NE ME TROMPE PAS.
MERCI.
JE TE REMBOURSE DÈS MON RETOUR.
DÉPÊCHE-TOI, IL NE FAUDRAIT PAS QU'ON RATE NOTRE SHINKANSEN.
... NOTRE SHINKAN-SEN... ?
C'est quoi tous ces billets ?
JE T'ACCOMPAGNE.
APRÈS TOUT, JE NE SUIS PAS RENTRÉ CHEZ MOI POUR LE NOUVEL AN...
ET SI JE PEUX T'AIDER À PENSER À AUTRE CHOSE PENDANT CE TEMPS...

QUAI 18, ATTENTION À LA FERMETURE AUTOMATIQUE...
TUUUUT
プルルルル
DÉPART DU TRAIN IMMINENT.
J'AVAIS PRIS LA DÉCISION DE LE SUIVRE, MAIS JE NE SAVAIS PAS QUOI LUI DIRE...
ON A UN PEU DE TEMPS PENDANT LE CHANGEMENT ?
JE SAVAIS QU'IL N'ÉTAIT PAS FACILE DE SURMONTER, SEUL, CES ÉVÉNEMENTS...
JE VOUDRAIS PASSER UN COUP DE FIL POUR SAVOIR COMMENT ÇA SE PASSE.
ENTENDU.

ET J'ESPÉRAIS QUE MA PRÉSENCE LUI PERMETTRAIT DE NE PAS TROP SOUFFRIR.

MAIS JE REGRETTAI BIEN VITE MA DÉCISION.

ELLE EST DÉCÉDÉE.
IL Y A UN QUART D'HEURE ENVIRON.
JE ME RENDIS COMPTE QUE YUKARI NE POUVAIT PAS PLEURER À CAUSE DE MA PRÉSENCE.
... VRAIMENT DÉSOLÉ.

ATTENTION À L'ARRIVÉE DU TRAIN.
ÉLOIGNEZ-VOUS DE LA BORDURE DU QUAI...
QUATRE ANS PLUS TÔT, NOUS PRENIONS ENSEMBLE LE MÊME TRAIN, MAIS DANS LA DIRECTION OPPOSÉE...
UNE NOUVELLE VIE NOUS ATTENDAIT DANS LA CAPITALE.
CA TA
CLANG
CA TA
CLANG
HAA...
NOUS Y VOILÀ. !
BON BEN J'Y VAIS... !
TU PARS À PIED ?
OUI. ET TOI ? TU DOIS REPRENDRE UN TRAIN, NON ?
OUI, C'EST À TROIS STATIONS.
En train local.

SCHLAC
À PLUS !
BYE.
JE N'AURAIS JAMAIS PENSÉ REVENIR ICI AVEC LUI...
POUR UNE RAISON PAREILLE.

KOU !
Akane Otoumi, 15 ans, sœur cadette.
RÉVEILLE-TOI !
ÇA FAIT TROIS JOURS QUE TU ES ICI...
ET TU NE FAIS QUE DORMIR SUR LE CANAPÉ... !
QU'EST-CE QUE TU VEUX, JE N'AI PLUS DE CHAMBRE.
Tu me l'as piquée, je te rappelle.
CE N'EST PAS UNE RAISON POUR COMATER ICI TOUTE LA JOURNÉE !
SI TU ES AU COURANT, ESSAIE DE FAIRE UN EFFORT, ALORS !
GNI-I
DEBOUT !
... T'ÉNERVE PAS COMME ÇA JUSTE PARCE QUE T'ES EN PÉRIODE D'EXAM, S'IL TE PLAÎT.
Marre de te voir dormir pendant que je bosse !

T'AS ÉTÉ PRISE DANS UN LYCÉE PRIVÉ, IL PARAÎT ?
JE VISE UN LYCÉE PUBLIC.
... AH BON...
TU N'AS PAS ENCORE TOUT PASSÉ... ?
... TU SAIS QUE TU ES BIZARRE, TOI ?
TU REVIENS À LA MAISON SANS AUCUNE AFFAIRE...
JE SAIS QUE T'ES PAS DU GENRE STRESSÉ, MAIS...
MÊME SI TU N'AS PAS BEAUCOUP D'AMIS ICI, TU SORTAIS QUAND MÊME DE LA MAISON AUTREFOIS.
BONJOUR.
TU AS VU KOU ?
AH, TU ES LÀ !

TU AS DE LA VISITE.
YUKARI.
Sœur aînée, Line, 27 ans (en plus d'une autre sœur de 25 ans)
SALUT.
Ta sœur te ressemble toujours autant.
YUKARI... QU'EST-CE QU'IL Y A ?
L'ENTERREMENT DE MA GRAND-MÈRE VIENT DE SE TERMINER.
JE VOULAIS TE PRÉVENIR...
QUE JE RENTRAIS UN PEU PLUS TÔT QUE PRÉVU.

ELLE SÉJOURNAIT À L'HÔPITAL...
DEPUIS EN FAIT PLUS DE SIX MOIS.
... AH BON... ? TU M'EN AVAIS JAMAIS PARLÉ POURTANT...
FORCÉMENT.
JE N'ÉTAIS PAS AU COURANT.
LORSQUE J'AI DEMANDÉ À MES PARENTS POURQUOI ILS NE M'AVAIENT PAS AVERTI...
ILS M'ONT RÉPONDU QUE C'ÉTAIT GRAND-MÈRE QUI LEUR AVAIT INTERDIT.
EN PRÉTEXTANT QU'ELLE ALLAIT SORTIR BIENTÔT, DE TOUTE FAÇON.

ELLE M'A LAISSÉ, UNE LETTRE AVEC DE L'ARGENT...
DANS UN TIROIR DE L'AUTEL DE LA MAISON.
MON PÈRE ME L'A MONTRÉE.
ELLE Y A ÉCRIT... « UTILISE-LE À BON ESCIENT. »
CE N'ÉTAIT PAS UNE SOMME TRÈS IMPORTANTE...
MAIS EN LISANT CETTE LETTRE...
J'AI ÉTÉ PRIS DE REMORDS DE NE PAS ÊTRE RENTRÉ À LA MAISON POUR LE RÉVEILLON.

MÊME SI MES PARENTS M'AURAIENT SÛREMENT MIS À LA PORTE
AU BOUT DE TROIS JOURS PARCE QUE JE NE SAIS PLUS QUOI FAIRE !
... C'EST CE QUI S'ÉTAIT PASSÉ L'AN DERNIER, N'EST-CE PAS... ?
Ha ha ha
OUI.
AH, JE PRENDS LE BUS POUR ALLER À LA GARE.
SANS DOUTE YUKARI VOULAIT-IL ME RACONTER CETTE HISTOIRE AVANT DE REPARTIR...
JE RISQUE DE DEVOIR ATTENDRE MON TRAIN À LA GARE.
LE SUIVANT ARRIVE BIENTÔT.
IL EST À QUELLE HEURE ?
19 HEURES, C'EST UN RAPIDE.
JE L'ESPÈRE.

TU RESTES ICI JUSQU'À QUAND ?
TU CONTINUES À PRENDRE UN PEU DE REPOS ?
NON, JE COMPTAIS REPARTIR APRÈS-DEMAIN.
AH BON ? JE PENSAIS QUE T'EN PROFITERAIS UN PEU PLUS, AVEC TA THÈSE FINIE.
J'AI PLUS DE CHAMBRE ICI ET JE PEUX EN PROFITER À TOKYO AUSSI.
OUI, C'EST PAS FAUX !
Ha ha
AH !
IL NEIGE...
C'EST BON, JE VAIS ME DÉBROUILLER TOUT SEUL, DÉPÊCHE-TOI DE RENTRER.
T'INQUIÈTE.
JE T'ACCOMPAGNE.

JE NE SUIS JAMAIS TOMBÉ
ÉPERDUMENT AMOUREUX
DE QUELQU'UN.

MAIS, JE DOIS AVOUER QUE
L'IDÉE ME PLAÎT DE POUVOIR
ÊTRE QUELQU'UN D'UN PEU
PARTICULIER POUR LUI.

QUELQU'UN À QUI IL POURRAIT SE CONFIER...
SANS HÉSITATION, LORSQU'IL SE SENT TRISTE OU QUAND IL EST GAI.
QUELQU'UN À QUI IL PENSERAIT TOUT DE SUITE EN CAS DE BESOIN.
JE NE SUPPORTERAIS PROBABLEMENT PAS...
QU'UNE FILLE OU QU'UN AUTRE GARÇON ME SUPPLANTE DANS CE RÔLE.
ET N'OUBLIE PAS...
DE ME REMBOURSER TES BILLETS DE TRAIN.
JE TE LES RENDS DÈS QUE TU M'APPELLES !

SI SEULEMENT JE POUVAIS COMPTER POUR TOI AUTANT QUE TU COMPTES POUR MOI...
FRRRT
MAIS DEPUIS QUAND CES SENTIMENTS ONT-ILS COMMENCÉ À S'EMPARER DE MON CŒUR... ?

OTOUMI !
JE PASSE CHEZ TOI POUR T'AVERTIR...
DÈS QUE MON TÉLÉPHONE EST INSTALLÉ.
DING DONG

INSTALLATION TERMINÉE.
JE NE M'EN SOUVIENS PLUS, MAIS CELA N'A PAS D'IMPORTANCE.
TIENS, MON NUMÉRO.
Cassettes vidéo.
Hein, déjà ?!
Je rêve !!
Moi, je dois attendre encore deux jours !
• END •

3

BIEN SÛR...
J'IMAGINE QUE C'EST PAS LE GENRE DE TRUC QU'ON TE DIT TOUS LES JOURS...
J'AI TOUJOURS SU QU'IL AVAIT DU SUCCÈS AVEC SON ENTOURAGE.
MAIS JE TENAIS À TE FAIRE PART DE MES SENTIMENTS...
AVANT LA FIN DE NOS ÉTUDES... LIBRE À TOI D'EN FAIRE CE QUE TU VEUX...
JE... JE T'AIME...

...
OUI, LE JOUR DU RENDU DE NOTRE THÈSE.
ÇA VA FAIRE BIENTÔT DEUX MOIS.
HEIN ?
UN MEC T'A DIT QU'IL ÉTAIT AMOUREUX DE TOI ?
MAIS FIGURE-TOI QU'HIER...
JE TE PRÉSENTE UN NOUVEAU, UCHIYAMA...
IL ME SUIVRA LE TEMPS DE SE FAIRE AU TRAVAIL.
EN... ENCHANTÉ...
D'AILLEURS, JE CROIS QU'IL ÉTAIT DANS LA MÊME FAC QU'OTOUMI.
AH OUI ? SPÉCIALISÉ DANS LE DESIGN AUSSI ?
VOUS VOUS CONNAISSEZ PEUT-ÊTRE ?

...
Sérieux... ?
JE M'ÉTAIS TOUJOURS PLUS OU MOINS DOUTÉ QU'IL ÉTAIT DE CE BORD...
MAIS JE NE M'IMAGINAIS PAS LE RETROUVER DANS DES CIRCONSTANCES PAREILLES.
COMMENT TU T'EN ÉTAIS RENDU COMPTE ?
À SA FAÇON DE SE DÉHANCHER PEUT-ÊTRE...
VU QU'ON A ÉTUDIÉ ENSEMBLE PENDANT QUATRE ANS.
... QUE LUI AS-TU RÉPONDU...
QUAND IL T'A DIT QU'IL T'AIMAIT ?
RIEN.
JUSTE QUE JE POURRAIS PAS SORTIR AVEC LUI.
AH OUI ? C'EST TOUT ?
Ah bon...
... TU T'ATTENDAIS À QUOI ?
HEIN... ? EUH, RIEN...
Ha ha

Caffee
JE NE M'ATTENDAIS À RIEN EN PARTICULIER...
JE VOULAIS JUSTE CONNAÎTRE SA RÉACTION, RIEN DE PLUS...
JE SAVAIS QU'IL AVAIT DU SUCCÈS AUPRÈS DES FILLES...
MAIS PAS AUPRÈS DES HOMMES...
CLING
CLANG
YUKARI !
DIS !
Ah !
OH, YUKARI !!
HEIN ? OUI ?
T'AS FINI DE RÊVASSER ?
AH, DÉSOLÉ... TU VEUX ?
... YUKARI...
T'ES LIBRE APRÈS LE BOULOT AUJOURD'HUI ?
OUI.

JE PEUX TE DEMANDER DE RESTER UN PEU ?
S'IL TE PLAÎT !
?
SI TU VEUX, POUR-QUOI... ?
Gniic
YUKARI, COMMENT ÇA VA !?
AYA, ON EST LÀ !
DHAAAAN
OOH, REGARDEZ-LE, HABILLÉ EN SERVEUR !
IL EST OÙ, LE GARÇON MIGNON DONT TU M'AS PARLÉ HIER ?
TU ME LE PRÉSENTES ?!

... AYA...
Je prendrais bien une sucrerie après l'alcool
Le père d'Aya n'est pas là, profitons-en.*
Hi hi
* Patron absent pour affaires personnelles...
HIER, ELLES M'ONT PROPOSÉ D'ALLER BOIRE CE SOIR, MAIS J'AI REFUSÉ...
Pour pouvoir travailler ici.
ET EN PARLANT DE TOI...
ET LE « GARÇON MIGNON » DONT ELLE PARLAIT... ?
J'AI EU LE MALHEUR DE DIRE À YÔKO QUE TON MEILLEUR AMI...
ÉTAIT SANS DOUTE SON GENRE...
OTOUMI... ?
Forcément...
VOUS AVEZ CHOISI ?
POUR INFO, LE CAFÉ EST DÉJÀ FERMÉ...
TU POURRAIS MIEUX PARLER À TES CLIENTES...
Quand même !
UN HOMME ...
POUR MOI, S'IL TE PLAÎT !
HUM...

ON EST VENUES DÈS QU'AYA NOUS A DIT...
QUE T'ARRÊTAIS LE TRAVAIL ICI À LA FIN DU MOIS.
ET C'EST POUR ÇA QU'ON SE DEMANDAIT SI TU POUVAIS PAS NOUS PRÉSENTER TON COPAIN...
...
ON N'AURA PLUS L'OCCASION DE SE VOIR AUTANT, BIENTÔT.
OUI !
C'EST BON, J'AI COM-PRIS...
MAIS JE VOUS GARANTIS PAS QU'IL SOIT LIBRE.
Youpi !
AYA, J'UTILISE LE TÉLÉPHONE DU CAFÉ.
AH, OUI OUI...
YUKARI... DÉSOLÉ.
PAS DE SOUCI.

SI SEULE-MENT...
JE POUVAIS TOMBER SUR SON RÉPONDEUR...
CE N'EST PAS LE GENRE À ÊTRE À L'AISE AU MILIEU DE TANT DE FILLES...
TUUT
TUUT
RÉPONDEUR, RÉPONDEUR...
C'EST MA FAUTE, JE N'AVAIS QU'À LEUR DIRE NON...
BIP
ALLÔ ?
AH.
OTOUMI ? C'EST MOI, YAJIMA.
Zut, il est là.
YUKARI ?
QU'EST-CE QU'IL Y A ?
On s'est pas vus hier ?
SI JAMAIS T'ES OCCUPÉ, ÇA POSE AUCUN PROBLÈME...
MAIS SI T'AS RIEN À FAIRE, JE ME DEMANDAIS SI TU VOULAIS PAS VENIR UN PEU AU CAFÉ...
AU CAFÉ ?
BONSOIR, NOUS SOMMES DES AMIES DE FAC DE YUKARI !
ON BOIT UN COUP ENSEMBLE ?
UN OU DEUX PETITS VERRES ?
Hi hi
RHAA, TAISEZ-VOUS !
OUI, MAIS SURTOUT, TE FORCE PAS.

QUEL RABAT-JOIE CELUI-LÀ, ALORS.
C'EST TOI QUI AS PARLÉ DE LUI À AYA, NON ?
EUH, OUI, MAIS BON...
J'EN AI POUR 20 MINUTES, C'EST BON ?
HEIN ? AH, OUI...
MAIS SI T'AS D'AUTRES TRUCS À FAIRE...
C'EST BON, J'ARRIVE.
BIP
Il vient ?
Alors ?
HEIN ?
GNIIC

OTOUMI, VRAIMENT DÉSOLÉ.
...
J'ESPÈRE AU MOINS QUE TU ME PAIES LE CAFÉ ?
CELA VA SANS DIRE !
BONSOIR.
Oooh ...
Je comprends mieux...
Tout à fait mon genre...
EN... EN... ENCHANTÉ !
MERCI D'ÊTRE VENU !
ASSIEDS-TOI !
JE NE PENSAIS PAS QU'IL VIENDRAIT, FRANCHEMENT.
FINALEMENT, IL EST PLUTÔT SYMPA.
PSS

OUI, C'EST POURTANT PAS TROP LE GENRE À ACCEPTER SANS RÉFLÉCHIR.
AH OUI ?
POURQUOI, IL A UNE COPINE ?
NON, JE NE PENSE PAS.
MÊME SI JE CROIS QU'IL EN AVAIT UNE PENDANT SES ÉTUDES.
QUELLE MOUCHE L'A PIQUÉ...
JE ME LE DEMANDE ...
JE FINIS DE RANGER À L'ÉTAGE...
ET JE FERME LE CAFÉ APRÈS.
DÉJÀ ?
ET ON NE SE PLAINT PAS !

AYA, JE ME CHARGE DU HAUT.
CLANG
C'EST BON, RESTE ICI AVEC TOUT LE MONDE.
JE M'EN OCCUPE, C'EST UN PEU MON BOULOT.
JUSTE « UN PEU » ?
DITES, ILS NE SONT PAS BIZARRES, CES DEUX-LÀ ?
ILS SORTENT ENSEMBLE, VOUS CROYEZ ?
AYA DIT QUE NON, MAIS BON...
JE SUIS SÛRE QU'ELLE EST AMOUREUSE DE LUI.
TOI AUSSI ?
Sinon elle ne lui aurait jamais proposé de travailler ici !
POURQUOI ELLE LUI DEMANDE PAS DE SORTIR AVEC ELLE ALORS ?
C'EST VRAI ÇA...
APRÈS TOUT, IL EST CÉLIBATAIRE MAINTENANT.

MERCI D'ÊTRE VENU.
DE RIEN.
ET JE COM- PRENDS TRÈS BIEN QUE T'AIES PAS PU LEUR DIRE NON...
HA HA...
... TU ES FÂCHÉ ?
NON.
C'ÉTAIT MÊME PLUTÔT SYMPA.
Coffee

AH.
T'AS PEUT-ÊTRE RENCONTRÉ UNE FILLE QUI T'A PLU ?
JE PEUX T'ARRANGER UN RENDEZ-VOUS SI TU VEUX ?
NON ? COMME TU VEUX.
Ha ha.
...
ET SI JE TE DIS AYA, TU ME RÉPONDS QUOI ?
COMMENT ... ?
AYA ?
TU ES SÉRIEUX ?
...
JE PLAISAN-TAIS.
BON, JE TE LAISSE, LA GARE EST PAR LÀ.
AH, OK...

JE NE PENSAIS PAS QU'IL ME SORTIRAIT UN NOM COMME ÇA SANS PRÉVENIR.
JE L'AI PAS VU VENIR, LÀ...
ALORS QU'IL NE M'A JAMAIS DONNÉ LE PRÉNOM DE SA COPINE À LA FAC.
QU'EST-CE QUI LUI A PRIS ?
« UNE COPINE ? »
« OUI, MAIS ON S'EST SÉPARÉS Y'A UN MOIS. »
PAS L'AIR PLUS TRAUMATISÉ QUE ÇA...
IL EST TOUJOURS AUSSI ÉTRANGE.

POURQUOI M'A-T-IL PARLÉ D'AYA...
ALORS QU'ELLE NE L'INTÉRESSE PAS... ?
TIENS, J'AI TERMINÉ CE DOCUMENT.
TU LE DONNERAS À MONSIEUR TACHIBANA ?
橘様
Monsieur Tachibana
ENTENDU.
JE LUI DIRAI DE T'APPELER...
POUR CONFIRMER LA RÉCEPTION.
TU FAIS QUOI APRÈS LE BOULOT AUJOURD'HUI ?
QUOI ?
... UCHIYAMA.

jonson's
J'AIMERAIS TE PARLER UN PEU.
ON VA MANGER UN MORCEAU ENSEMBLE ?
しーーーん…
SILEEEENCE...
EUH... QU'EST-CE QUE TU VOULAIS SAVOIR... ?
UCHIYAMA...
DANS QUELLE SITUATION TU TOMBES AMOUREUX D'UN HOMME ?
HM ?
...
AH, OUI...

ON EST DANS UN LIEU PUBLIC, LÀ...
PARLE MOINS FORT...
On bosse pas très loin en plus...
Hum
Hum
AH, PARDON...
DANS QUELLE SITUATION... ?
JE SUIS GAY... IL SUFFIT QUE LA PERSONNE ME PLAISE...
... COMME AVEC MOI ?
AH, EUH, OUI...
Ha ha
TU PENSES TOUT DE SUITE AU SEXE ?
HEIN ?!
Hum
Euh, non, dans mon cas en fait...
Hem
...
MAIS QU'EST-CE QUI TE PREND TOUT À COUP ... ?
TU AS REPÉRÉ QUELQU'UN, C'EST ÇA ?

... JE N'EN SAIS TROP RIEN.
HAA...
IL VA BIENTÔT FALLOIR QUE JE CHERCHE SÉRIEUSEMENT UN NOUVEL ENDROIT POUR BOSSER...
DING DONG
À CETTE HEURE-CI ?
SCHLACK
OTOUMI ?

'SCUSE.
JE PEUX DORMIR ICI CETTE NUIT ?
FIOUUUH...
SCHPLAF
HEIN ? QUOI ?!
TU AS BU ?
oui je crois,, vu l'odeur...
OTOUMI ?
TU AS DÉJÀ EMBRASSÉ UN HOMME ?
YUKARI.
PARDON ?

EUH, DANS DES FÊTES QUAND J'ÉTAIS BOURRÉ...
PAR JEU, PEUT-ÊTRE OUI...
AVEC LA LANGUE ?
AH NON, PAS À CE POINT...
J'AI COMPRIS UNE CHOSE AUJOURD'HUI...
SI T'ÉPROU-VES RIEN...
POUR LA PERSONNE AVEC QUI TU LE FAIS, CE N'EST PAS SI TERRIBLE QUE ÇA...
QUE CE SOIT AVEC UN GARÇON OU UNE FILLE.
... TU L'AS FAIT POUR DE VRAI... ?
AVEC LE GARS QUI T'AVAIT FAIT UNE DÉCLARATION, LÀ ?
OUI.
HEIN ? IL T'A FORCÉ ?

NON...
C'EST MOI... JE VOULAIS SAVOIR CE QUE ÇA FAISAIT.
TU ES STUPIDE OU QUOI ?
TU L'AS EMBRASSÉ JUSTE POUR ÇA ?!
...
JE LUI AI DEMANDÉ SON AVIS AVANT.
CE N'EST PAS LE PROBLÈME !!
C'ÉTAIT PAS TRÈS FAIR-PLAY DE MA PART...
VIS-À-VIS DE LUI.
J'AI QUELQUES REMORDS.
...

HOP
CLANG
FRRT
FRRT
TIENS.
SCHPLAF
TU DORS
ICI CE SOIR,
NON ?
ENFILE ÇA.
Zioup
JE VAIS
PRENDRE
MON BAIN.
TU PEUX TE
COUCHER
QUAND TU
VEUX.
OK...

CES DERNIERS TEMPS, JE RESSENTAIS UN CHANGEMENT INEXPLICABLE DANS SON COMPORTEMENT...
CLAP
SHAAAA
SES PAROLES REFAISAIENT SURFACE DANS MON ESPRIT...
« ET SI JE TE DIS AYA, TU ME RÉPONDS QUOI ? »
« JE VOULAIS SAVOIR CE QUE ÇA FAISAIT. »

JE NE COMPRENDS PAS.
Tu m'as même pas laissé de place...
JE ME DEMANDAIS SINCÈREMENT, POURQUOI IL ÉTAIT VENU...
ME RACONTER TOUT ÇA...
FLAP
• END •

4
JE SAVAIS QUE CE GESTE N'ÉTAIT PAS AUSSI ANODIN QUE JE VOULAIS BIEN LE CROIRE.
CLIP

4

GNIIIC
HM ?
TU T'ES RÉVEILLÉ TOUT SEUL ?
OUI.
T'ES ALLÉ FAIRE DES COURSES ?
OUI.
J'AI ACHETÉ DE QUOI MANGER.
IL NE RESTAIT QU'UNE TRANCHE DE PAIN DE MIE.
J'AVAIS BESOIN DE RIEN...
JE NE MANGE JAMAIS LE MATIN.
JE SAIS, MAIS...
J'ALLAIS PAS TE LAISSER REPARTIR LE VENTRE VIDE.
TU VEUX ME FORCER ?
TU PRENDS UN CAFÉ ?
OUI, MERCI.

AVANT DE VENIR DORMIR CHEZ YUKARI HIER SOIR...
JE SUIS ALLÉ MANGER UN MORCEAU AVEC UN ANCIEN COLLÈGUE.
UN GARÇON NOMMÉ UCHIYAMA...
AMOUREUX DE MOI.
NOUS NOUS SOMMES EMBRASSÉS.
SIMPLEMENT POUR VOIR.
UNE SORTE D'EXPÉRIMEN-TATION.
UN BAISER SANS SIGNIFICATION, NI RAISON PROFONDE.

QUOI ?
TU N'ES PAS ENCORE RÉVEILLÉ ?
Miam Miam
ON DIRAIT QUE T'AS REPRIS TA RECHERCHE DE BOULOT.
HM ? NON NON...
MMH ?
TU VEUX PARLER DE CE MAGAZINE DE PETITES ANNONCES ?

JE PENSAIS RESTER DANS LE QUARTIER,
JE NE FAIS QUE PRENDRE DES NOTES POUR LE MOMENT.
TU AS L'INTENTION DE TRAVAILLER À PLEIN TEMPS ?
SI JE TROUVE UNE BOÎTE QUI ACCEPTE.
CE MOIS-CI, C'EST ASSEZ TENDU AU NIVEAU DES EMBAUCHES.
ET...
TU AS ARRÊTÉ TON PETIT BOULOT AU PACHINKO ?
J'AI PAS VRAIMENT EU LE TEMPS DE RÉFLÉCHIR EN FAIT.
J'AURAIS PU ESSAYER DE ME DÉBROUILLER AVEC MON EMPLOI DU TEMPS...
MAIS JE ME VOIS MAL Y RETOURNER MAINTENANT.
ET TU VAS CONTINUER ENCORE LONG-TEMPS À BOSSER AU CAFÉ ?
NORMALEMENT NON.
LA FEMME DE MON PATRON S'EST REMISE DE SON OPÉRATION. ELLE DEVRAIT REVENIR APRÈS-DEMAIN.

MINCE...
JE SUIS À LA BOURRE... !
À PLUS !
MERCI DE M'AVOIR LAISSÉ DORMIR ICI.
... IL NE M'A PLUS PARLÉ DE CE QUI S'EST PASSÉ HIER...
J'IMAGINE QU'IL N'A PAS EU ENVIE DE ME POSER PLUS DE QUESTIONS SUR CE BAISER...
À MOINS...
QU'IL NE S'EN FICHE COMPLÈTEMENT...

Caffee
J'ESPÈRE SINCÈREMENT...
QUE CE N'EST PAS ÇA...
COMMENT ... ?
VOUS VOULEZ QUE JE CONTINUE ?
Après la fermeture...
JE...
JE... JE SUIS PAR-FAITEMENT CONSCIENT DE TA SITUATION ...
ATTENDEZ...
VOUS NE M'AVIEZ PAS DIT QUE VOTRE FEMME REVENAIT D'ICI QUELQUES JOURS ?
ET JE SAIS QUE CE N'EST PAS UNE DÉCISION FACILE À PRENDRE.
MAIS JE T'EN PRIE !
AU MOINS LE TEMPS QUE JE TROUVE UN NOUVEL EMPLOYÉ... !

EH BIEN...
CETTE FOIS, C'EST LA MÈRE DE MA FEMME QUI EST À L'HÔPITAL.
ELLE S'EN OCCUPE AVEC SES SŒURS, À TOUR DE RÔLE.
MÊME SI LA SITUATION N'EST PAS ENCORE TRÈS GRAVE...
ELLE NE VA PROBABLEMENT PLUS AVOIR LE TEMPS DE REVENIR M'AIDER ICI.
JE SAIS QUE JE T'AI DÉJÀ DEMANDÉ DE PROLONGER TON CONTRAT D'UN MOIS...
JE SUIS FRANCHEMENT DÉSOLÉ, MAIS...
EST-CE QUE TU POURRAIS RESTER ICI ENCORE UN PEU ?

RRRR
RRRRR
CLAC
RRRRR
RR...
ALLÔ ?
EUH...
C'EST MOI.
... TU DORMAIS ? JE T'AI RÉVEILLÉ ?
HM... JE ME REPOSAIS, C'EST BON...
QU'EST-CE QU'IL Y A ? TU ME TÉLÉPHONES D'UNE CABINE ?
Hm...
JE... JE PEUX PASSER CHEZ TOI ?

J'EN ENVIE DE BOIRE...
TOUT DE SUITE.
TIENS.
HOP
... QUOI ?
PLAT
C'EST PARTI !
CUL SEC !
TAP
TAP
TAP
TAP

...
... QU'EST-CE QUI S'EST PASSÉ ?
JE VAIS DEVOIR CONTINUER À BOSSER AU CAFÉ...
PENDANT ENCORE TROIS MOIS.
J'AI PAS PU REFUSER.
JE SAIS QUE JE SUIS PAS OBLIGÉ DE FAIRE UN VRAI BOULOT TOUT DE SUITE...
MAIS ÇA M'ÉNERVE !
J'ÉTAIS MOTIVÉ POUR CHERCHER AUTRE CHOSE...
ET BING ! COUPÉ NET DANS MON ÉLAN...

MAIS CE N'EST QUE POUR TROIS MOIS, N'EST-CE PAS ?
OUI, C'EST MOI QUI L'AI EXIGÉ.
PAS ENVIE DE ME RETROUVER À LA RUE DÈS QU'IL A UN REMPLAÇANT, ET RENOUVELER TOUS LES MOIS, NON MERCI...
Tu penses vraiment à tout...
...
LE PATRON S'EST TOUJOURS BIEN OCCUPÉ DE MOI.
ON S'ENTEND PLUTÔT BIEN.
ET JE SUIS CONTENT QU'IL ME FASSE CONFIANCE, MAIS...

COMMENT DIRE...
TU STRESSES ...?
...
SANS DOUTE...
J'AI ARRÊTÉ LA FAC...
J'AI BESOIN D'UNE ATTACHE, QUELQUE CHOSE AUQUEL ME RACCROCHER...
SÛREMENT POUR ME RASSURER UN MINIMUM...

YUKARI... !
T'ENDORS PAS ICI.
GNN... TROP LOURD...
GNI!!
GNI!!
HM !!
SCH PLAF
SCHPOUF

YUKARI !
HM...
TU BOSSES À QUELLE HEURE DEMAIN ?
JE DOIS TE RÉVEILLER QUAND ?
AH...
LE CAFÉ EST FERMÉ, PAS DE SOUCI...
OK, JE PEUX TE LAISSER FLEMMARDER DEMAIN MATIN ALORS ?
Pfiouh !
... OTOUMI.
HIER, TU AVAIS BU, N'EST-CE PAS... ?

HEIN ?
AVANT DE VENIR CHEZ MOI, T'AVAIS BU ? ...
TU N'AVAIS PAS LE MORAL ?
...
... EN QUELQUE SORTE...
JE VOIS...
C'EST DONC BIEN POUR ÇA...
QUE TU ES VENU...

TANT MIEUX...
...
す
PFIOUH
...
CLAP

FROTTE
わしゃわしゃ
FROTTE
ぐしゃぐしゃ
FROTTE...
PLIC
JE SAVAIS QUE CE QUE JE VOULAIS FAIRE AVAIT UN SENS, POUR UNE FOIS.
OUI, MAIS...

SI JE SAUTAIS LE PAS...
HM...
ET LE FAISAIS VRAIMENT...
ぼふっ
SCHPLAF
ごい
GLOUB
DE QUELLE FAÇON ÉVOLUERAIT NOTRE RELATION PAR LA SUITE... ?
• FIN •

5
COMBIEN DE TEMPS AI-JE MIS À M'ENDORMIR HIER SOIR... ?

JE NE M'EN SOUVIENS PAS.
JE ME RAPPELLE SIMPLEMENT M'ÊTRE ROULÉ EN BOULE...
POUR NE PAS QUE MON CORPS RÉAGISSE AU MOINDRE BRUIT DE LA PIÈCE.
Hm...
PUIS, QUAND J'AI SENTI ENFIN LE SOMMEIL ME GAGNER...

J'AI CÉDÉ..
À SES APPELS...
ET PLONGEAI SANS REMORDS...
DANS LES BRAS DE MORPHÉE.
PLIC

SEULEMENT DEUX NUITS.
BOUEURF !!
KEUF
KEUF !
KOF
KOF
KOF
KOF !
KOF
KOF
KOF
...?!
?

...
Heum...
SNIFF
OUI, DEUX SIMPLES NUITS.
Salut ...
Zut...
Heures supplémentaires accumulées et nuits passées au bureau. Enfin libre le soir...
ZHAAAA
...
Pluie sur le chemin du retour.
Bain pour se relaxer et noyade échappée de justesse.
pfou...
ça me revient ...
MAIS C'ÉTAIT SUFFI-SANT...
POUR QUE JE PRENNE CONSCIENCE DE MES SENTIMENTS.
Zut, mon caleçon...

JE N'AI PAS REVU YUKARI DEPUIS LE MOIS DERNIER.
NOUS N'AVONS PAS ESSAYÉ DE NOUS CONTACTER.
JE N'AI PAS ENTENDU LE SON DE SA VOIX.
RIEN D'EXCEPTIONNEL EN QUELQUE SORTE...
FROTTE FROTTE
EXACTEMENT COMME D'HABITUDE.
JINRO

... IL NOUS ARRIVE PARFOIS DE NE PAS NOUS VOIR PENDANT TROIS MOIS D'AFFILÉE.
ON N'EST PAS NON PLUS OBLIGÉ DE S'APPELER SI ON N'A RIEN À SE DIRE.
...
PLAF...
RIEN N'A CHANGÉ, SI CE N'EST MOI.
JE SUIS JUSTE...
DEVENU BIZARRE, C'EST TOUT.

RRR...
RRRRR
!
Gloups
...
RRRRR...
ALLÔ ?
ALLÔ,
OTOUMI ?
C'EST MOI,
YAJIMA.
... AH.
SALUT...
TU N'AS PAS L'AIR
RÉVEILLÉ, TOI.
TU ÉTAIS EN TRAIN
DE DORMIR ?

... NON NON, J'ÉTAIS DEBOUT.
JE PEUX RAPPELER SI TU PRÉFÈRES ?
NON C'EST BON.
Je vais pas lui dire que je pensais justement à lui...
TU AS L'AIR COMPLÈTEMENT EXTÉNUÉ...
ÇA VA ?
ON FAIT ALLER.
ÇA NE M'EN DIT PAS BEAUCOUP, ÇA.
ET TOI... ?
PAS DE CHANGEMENT.
J'AI JUSTE FAIT UNE JOURNÉE D'INTÉRIM' L'AUTRE JOUR, C'EST TOUT.
JE TRAVAILLE TOUJOURS AU CAFÉ.
ET AUJOURD'HUI ? T'ES DE REPOS ?
OUI, TU AS DÉJÀ OUBLIÉ ?
JE TRAVAILLE PAS LES 2e ET 4e DIMANCHES DU MOIS.
AH OUI, C'EST VRAI...
JAMAIS TU M'ÉCOUTES QUAND JE PARLE ?

YUKARI.
EXCUSE-MOI...
JE PEUX TE RAPPELER ?
HEIN ?!
BIP
... PARDON ?
TUUUT
TUUUT
TUUUT
Haa
...

PAS POSSIBLE...
Haa
HM...
Ha
Ha
Ha
Ha
Ha
Ha
Ha
Ha
HAA...
Ha
Ha
HM.
AH...
Ha
Haa

JE RÊVE...
RRR...
RRRRR
ALLÔ ?
OTOUMI ?
TOUT VA BIEN ?
YUKARI...
TU PEUX ME REJOINDRE À LA GARE DANS UNE DEMI-HEURE ?
... HEIN... ? À LA GARE ... ?
La mienne ?
POUR TE RENDRE TA BOUTEILLE.
JE T'ATTENDS AU NIVEAU DES PORTES.
QUOI ? QU'EST-CE QUE...
BIP
...
TUUT
TUUT
TUUT

QUOI ?!
QU'EST-CE QUI LUI PREND, LÀ ?!
ガチャン!
SCHLANG
... OTOUMI...
TU ES SÛR QUE TOUT VA BIEN ?
AH... DÉSOLÉ...
TIENS.

T'AVAIS PAS BESOIN DE VENIR JUS-QU'ICI POUR ME L'APPORTER ...
Surtout un mois après...
JE BOIS PAS DE SAKÉ, DÉSOLÉ...
JE L'AURAIS REPRISE UN DE CES QUATRE...
EN PASSANT CHEZ TOI...
... ELLE ME GÊNAIT SUR MON ÉTAGÈRE.
... HM ?

TIENS... ?
C'EST OTOUMI.
Avec qui il parle ?
UCHIYAMA...
Ha, Ha, Ha
QUELLE COÏNCIDENCE, C'EST AUSSI MA GARE.
JE FAISAIS QUELQUES COURSES...
TOI AUSSI, TU RENTRES CHEZ TOI ?

JE ME POSAIS LA QUESTION...
... HEIN ?
SI TU VEUX...
ON PEUT ALLER BOIRE UN CAFÉ... ?
JE PRÉFÈRE DE L'ALCOOL.
QUOI ?
BONJOUR !
UNE TABLE POUR DEUX ?
UNE BIÈRE ET UN JUS DE CASSIS- ORANGE.
APPELEZ-MOI LORSQUE VOUS AVEZ CHOISI VOTRE PLAT.
ça me rappelle quelque chose...

GLOUB
GLOUB
GLOUB
GLOUB
GLOUB
... JE VAIS...
... TE POSER UNE QUESTION BIZARRE, MAIS...
LE GARÇON...
DONT TU M'AS PARLÉ LA DERNIÈRE FOIS...
C'ÉTAIT CELUI AVEC LEQUEL TU DISCUTAIS TOUT À L'HEURE ?
OUI...

AH.
MINCE !
J'AI OUBLIÉ DE LUI TRANSMETTRE LE MESSAGE DE RYOUKO.
Alors que je lui ai passé un coup de fil exprès pour ça, quand même...
Cinq minutes sont passées...
...
PAS GRAVE...
JE LE RAPPELLERAI UNE FOIS RENTRÉ.

POUR ÊTRE FRANC, CE N'EST PAS UNE SITUATION QUI ME RÉJOUIT.
FORCÉMENT, J'IMAGINE QUE TU N'AS PAS ENVIE DE TOUT METTRE EN L'AIR ENTRE VOUS.
ET JE VEUX BIEN LE COMPRENDRE.
ALORS QUE TU TE RENDS COMPTE PETIT À PETIT DE TON CHANGEMENT...
CE N'EST PAS SIMPLE DE LE CONCILIER AVEC TON ENTOURAGE, ET...
OTOUMI ?!
JE TE PARLE LÀ !
T'ENDORS PAS S'IL TE PLAÎT !
AH, DÉSOLÉ...
J'AI PASSÉ UNE NUIT BLANCHE AU BUREAU...
J'ai sommeil...

Tu m'expliques pourquoi tu bois de l'alcool alors ?
OTOUMI !
J'AI PRIS LA PREMIÈRE À GAUCHE APRÈS LA GARE, ET ENSUITE ?
... HM ?
OÙ EST-CE QUE JE VAIS MAINTENANT ?
AH...
AH... TOUT DROIT... C'EST LA TROISIÈME À DROITE...
JE NE PENSAIS PAS QUE TU ME DONNERAIS AUTANT DE MAL, TOI.
T'AS VRAIMENT RIEN DANS LA TÊTE.
ÇA NE FAIT QUE TROIS-QUATRE MOIS QUE TU M'AS ENVOYÉ BALADER...
TU TE RAPPELLES ?
OUI...
DÉSOLÉ...

C'EST AU DEUXIÈME ?
OUI...
PASSE-MOI TES CLEFS !
JE VAIS OUVRIR.
SCHLAK
FRRT FRRT
AH.
TÉLÉPHONE.
R R R...
RRRRR
RRRRRR...
... HM ?
T'AS PAS DE RÉPONDEUR ?
RRRRR...
RRRR...
ALLÔ ?
RHAA, C'EST PAS VRAI ÇA !
FRRRRT
SCHLAG
OTOUMI !

C'EST PAS TROP TÔT !
OÙ T'ÉTAIS PARTI, IMBÉCILE ?! T'ÉTAIS PAS CENSÉ ÊTRE COMPLÈTEMENT ÉPUISÉ ?
T'AS MÊME OUBLIÉ DE METTRE TON RÉPONDEUR !
TU ES VRAIMENT BIZARRE AUJOURD'HUI !
AH...
PARDON...
CE N'EST PAS OTOUMI. IL DORT LÀ...
AH
... COM-MENT... ?
IL S'EST ÉCROULÉ APRÈS AVOIR BU UNE BIÈRE...
JE CROIS QU'IL N'EST PAS PRÊT DE SE RÉVEILLER.
JE NE PENSE PAS QU'IL SOIT EN ÉTAT DE DISCUTER.
AH BON...
QUI EST À L'APPAREIL... ?
AH...
JE M'APPELLE UCHIYAMA, JE SUIS UN AMI.

AH BON...
COMPRIS...
MERCI ...
BIP...
AH.
EST-CE QUE C'ÉTAIT ...
LE GARÇON AVEC LEQUEL IL DISCUTAIT DANS LA GARE... ?
...

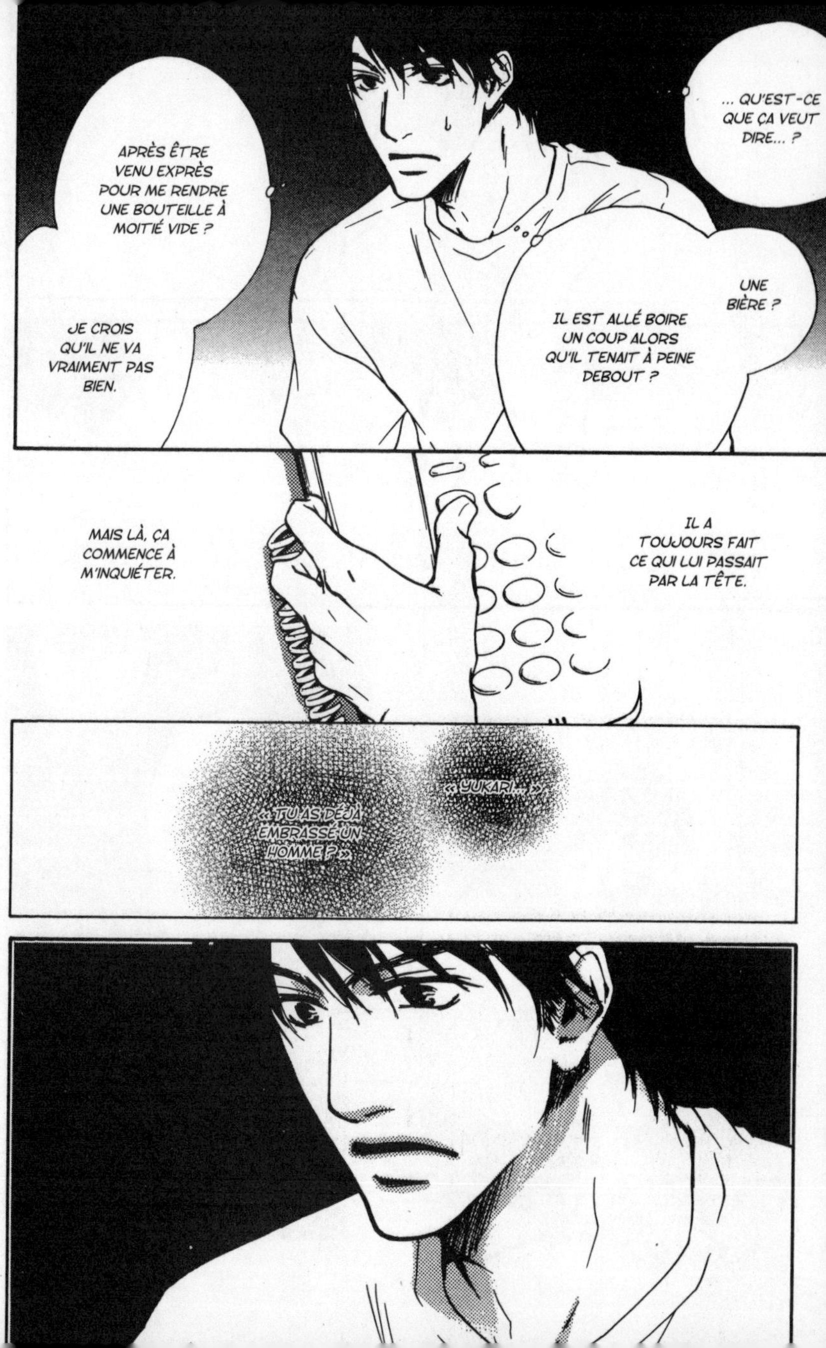
... QU'EST-CE QUE ÇA VEUT DIRE... ?
UNE BIÈRE ?
IL EST ALLÉ BOIRE UN COUP ALORS QU'IL TENAIT À PEINE DEBOUT ?
APRÈS ÊTRE VENU EXPRÈS POUR ME RENDRE UNE BOUTEILLE À MOITIÉ VIDE ?
JE CROIS QU'IL NE VA VRAIMENT PAS BIEN.
IL A TOUJOURS FAIT CE QUI LUI PASSAIT PAR LA TÊTE.
MAIS LÀ, ÇA COMMENCE À M'INQUIÉTER.
« YUKARI... »
« TU AS DÉJÀ EMBRASSÉ UN HOMME ? »

« JE VOULAIS SAVOIR CE QUE ÇA FAISAIT. »
…
Non … ?!
QU'EST-CE QUE JE FAIS… ?
JE LUI LAISSE UN MOT ?
AU MOINS POUR LE PRÉVENIR QUE QUELQU'UN L'A APPELÉ.

JE NE VAIS QUAND MÊME PAS RESTER DORMIR ICI...
POUR TOUT LUI EXPLIQUER À SON RÉVEIL.
NON, CE NE SERAIT PAS SÉRIEUX...
sloub
RRR...
RRRR
RRRR
ALLÔ ?
BOBOM
BOBOM
BOBOM
YAJIMA À L'APPAREIL, J'AI APPELÉ TOUT À L'HEURE.
C'EST TOUJOURS TOI ?
AH, OUI.
J'ARRIVE TOUT DE SUITE.
TU PEUX RESTER EN ATTENDANT ?

... COMMENT ? EUH...
IL S'EST ENDORMI, IL N'A PAS VOMI, JE PENSE PAS QU'IL Y AIT LE MOINDRE PROBLÈME...
Pas besoin de venir.
ÇA M'INQUIÈTE QUAND MÊME.
J'ARRIVE D'ICI UNE DEMI-HEURE.
ENTENDU...
... ?
...
CLANC
COMPLIQUÉ ...
TOUT ÇA...

CE N'EST PAS VRAIMENT LA RÉACTION...
D'UN SIMPLE AMI, ÇA...
Ah

DING DONG
Haa
C'EST MOI...
Haa
Ha
Ha
QUI AI APPELÉ TOUT À L'HEURE...
Ha
JE NE VOULAIS PAS... TE FAIRE ATTENDRE ...
Ha
Haa
JE M'EN SERAIS DOUTÉ.
TU AS COURU ?
Ha
Haa
DEPUIS LA GARE ... ?
JE T'AI POURTANT DIT...
QUE TOUT ALLAIT BIEN AU TÉLÉPHONE, NON ?
Haa
PFIOUUH
REGARDE.

BON, JE TRAVAILLE DEMAIN...
JE TE LAISSE T'EN OCCUPER.
MERCI POUR TOUT.
TON NOM DÉJÀ C'EST... ?
UCHIYAMA.
AH, C'EST TOI QUI ÉTAIS DANS SA FAC EN SECTION DESIGN, C'EST ÇA ?
OUI.
... JE N'EN SAIS RIEN, ON NE SE CONNAISSAIT PAS À L'ÉPOQUE.
NOS BUREAUX SONT PROCHES, AUSSI ON DISCUTE DE TEMPS EN TEMPS.
ÇA LUI ARRIVAIT SOUVENT DE SE RETROUVER DANS CET ÉTAT ?
... AH D'ACCORD.

« LE GARS QUI ÉTAIT AMOUREUX DE MOI...
FIGURE-TOI QU'IL BOSSE CHEZ UN DE NOS CLIENTS. »
C'EST DONC BIEN LUI...
Si je ne me trompe pas...
LE GARÇON QU'IL A EMBRASSÉ.
MAIS À QUOI TU PEUX BIEN RÉFLÉCHIR, ESPÈCE D'IMBÉCILE !!
JE ME DEMANDE ...
ENCORE POURQUOI ...
JE ME SUIS AUTANT PRÉCIPITÉ POUR VENIR JUSQU'ICI ?

PAR INQUIÉTUDE ?
PAR AFFOLEMENT ?
JE N'EN SAIS RIEN.
MAIS LA SEULE CHOSE DONT JE SUIS CERTAIN, C'EST QUE JE N'AI PAS PENSÉ UN SEUL INSTANT À M'ARRÊTER DE COURIR.
FIN

xx happier

RYÔJI...
SÉPARONS-NOUS.

C'EST MOI QUI LUI AI ADRESSÉ LA PAROLE LORS DE NOTRE PREMIÈRE RENCONTRE.
JE VOULAIS ME CHANGER LES IDÉES EN SORTANT UN PEU...
MAIS JE N'Y PARVENAIS PAS ET JE ME SUIS ASSIS DEHORS SANS SAVOIR QUOI FAIRE.
HEIN ? ATTENDS...
JE TE RAPPELLE QUE C'EST TOI QUI M'AS DEMANDÉ DE VENIR !
QUOI ?
QUOI ? TU ES ENCORE CHEZ TOI ?
POURQUOI TU M'AS DIT QUE TU ÉTAIS SUR LE CHEMIN ALORS ?!

QUOI ?
BIP !
HEIN... ?
ATT...
AH !
ATTENDS... !
JE L'AVAIS DÉJÀ REMARQUÉ AU LYCÉE, MAIS JE NE LUI AVAIS JAMAIS PARLÉ.
...
TUUUUT
... JE...
JE SUIS DÉJÀ À NOTRE LIEU DE RENDEZ-VOUS, MOI...
Voix toute faiblarde
MAIS RYÔJI N'AVAIT SANS DOUTE JAMAIS FAIT ATTENTION À MOI.
PFF.
!

AH.
DÉSOLÉ, JE NE VOULAIS PAS ME MOQUER...
...
SIMPLEMENT ...
JE T'AI TROUVÉ MIGNON AVEC TON AIR TOUT PENAUD...
!
DIS...
ATTENDS !

QUOI... ?
... TU T'ES FAIT POSER UN LAPIN, PAS VRAI ?
ÇA TE DIRAIT DE BOIRE UN VERRE ALORS ?
... HEIN... ?
T'ES HOMO OU QUOI ?
Plutôt direct ...
EUH, OUI, MAIS BON...
AU REVOIR.
ATTENDS, JE BLAGUE !
Enfin, pas vraiment, en fait.
CE N'EST PAS POUR ÇA QUE JE T'AI PARLÉ !

JE VIENS DE ME FAIRE PLAQUER...
JE MARCHAIS POUR PENSER À AUTRE CHOSE, MAIS TOUT SEUL, C'EST PAS TRÈS EFFICACE...
TU VOUDRAIS PAS...
DISCUTER ENTRE CÉLIBATAIRES ?
...
FLAP
...
... QUI A DIT QUE JE VENAIS D'ÊTRE LARGUÉ ?

JE NE ME SUIS PAS FAIT PLAQUER PAR MA COPINE.
C'ÉTAIT MA SŒUR AU TÉLÉPHONE !
TAP
TAP
TAP
...
JE NE PENSAIS PAS QUE MA PROPOSITION LE METTRAIT AUTANT EN COLÈRE...

BONJOUR !
... TOI... ?
ON EST DANS LE MÊME LYCÉE ?
OUI.
HM ? TSUTSUI, VOUS VOUS CONNAISSEZ ?
HEIN ?
AH, OUI, HIER SOIR, ON...
AH, DÉSOLÉ.
JE DOIS Y ALLER.
GNAP
VIENS PAR LÀ, TOI.
CLANG

TU POUVAIS LUI DIRE, TU SAIS ...
QUE JE T'AI DRAGUÉ HIER...
JE VOIS PAS L'INTÉRÊT.
SI C'EST JUSTE POUR ALIMENTER...
LES RAGOTS DE LA CLASSE...
... MAIS... EUH...
HM ?
EN FAIT, JE VOULAIS M'EXCUSER...
J'ÉTAIS ÉNERVÉ D'AVOIR ATTENDU POUR RIEN...
MAIS IL N'Y AVAIT PAS QUE ÇA...
DÉSOLÉ DE M'EN ÊTRE PRIS À TOI DE CETTE FAÇON...

AH OUI ... ?
MAIS C'EST JUSTE MOI QUI...
OUI, JE SAIS.
...
MAIS BON.
J'AVAIS ÇA SUR LA CONSCIENCE.
ÇA ME SOULAGE.
ENCORE DÉSOLÉ.
ET TON PRÉNOM ?
HM ?
TSUTSUI... C'EST ÇA ?
MOI ?
RYÔJI.
AH OUI... ?

MOI...
C'EST NARUSAWA.
NARUSAWA COMMENT ?
ATSUKI NARUSAWA.
C'EST NOTÉ...
SANS DOUTE VOYAIT-IL SUR MON VISAGE CE QUE JE COMMENÇAIS À ÉPROUVER POUR LUI...
MAIS IL FIT SEMBLANT DE RIEN ET ME TRAITA COMME UN BANAL AMI.
Tu fumes ?
Juste une, alors.
NOS LIENS SE RESSERRÈRENT EN UN RIEN DE TEMPS.
Atsuki ! On va boire un coup, tu viens ?
J'arrive !
UN NOUVEAU RENDEZ-VOUS ?
AVEC TA SŒUR ?

TU VAS ENCORE TE PRENDRE UN VENT.
NON, CETTE FOIS...
ELLE M'A PROMIS DE DEMANDER À SON COPAIN DE NE RIEN PRÉVOIR CE JOUR-LÀ.
SON COPAIN ?
OUI.
C'EST À CAUSE DE SON BOULOT S'ILS N'ONT PAS PU VENIR LA DERNIÈRE FOIS.
EN FAIT...
ELLE VEUT JUSTE QUE JE L'ACCOMPAGNE POUR ALLER LE PRÉSENTER À MON PÈRE.
HA HA.
RYÔJI VIVAIT AVEC SON PÈRE ET SA SŒUR DE SIX ANS SON AÎNÉE.
SA MÈRE ÉTAIT MORTE DEPUIS LONGTEMPS ET SA SŒUR COMPTAIT ÉNORMÉMENT POUR LUI.
JE VOIS. EN GROS...
LE BONHEUR DE TA SŒUR REPOSE SUR TES ÉPAULES.
...
... SI ON VEUT, OUI...
?

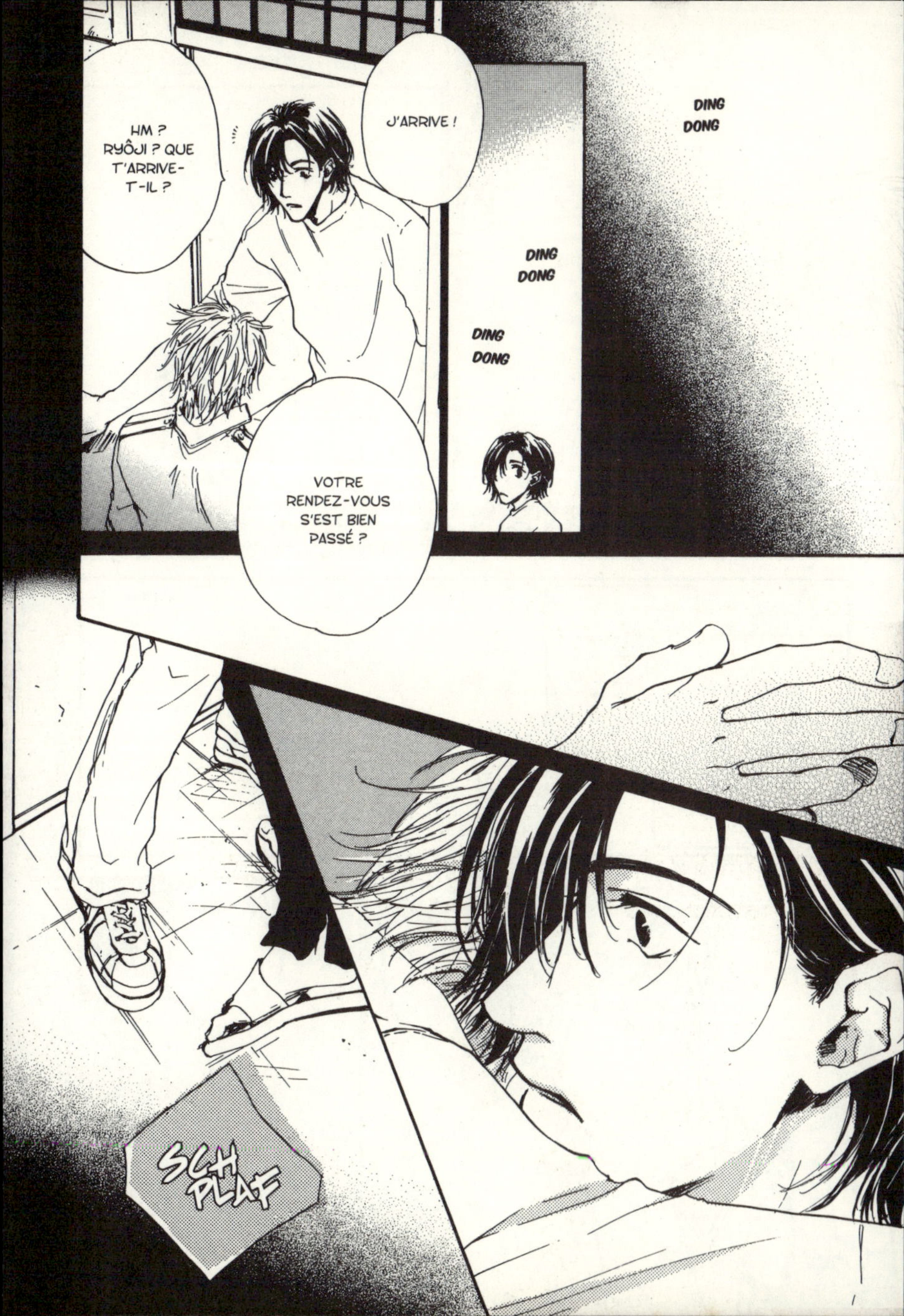
DING
DONG
DING
DONG
DING
DONG
J'ARRIVE !
HM ? RYÔJI ? QUE T'ARRIVE-T-IL ?
VOTRE RENDEZ-VOUS S'EST BIEN PASSÉ ?
SCH PLAF

RYÔ...
LE COPAIN DE MA SŒUR...
C'ÉTAIT UN TYPE SUPER...
ELLE AVAIT L'AIR TELLEMENT HEUREUSE...
JE VAIS PAS AVOIR D'AUTRE CHOIX QUE DE LUI LAISSER, JE CROIS...
JE...
IL AIMAIT SA SŒUR PLUS QUE TOUT.
ATSUKI...

PLUS QUE JE NE POURRAIS SANS DOUTE JAMAIS M'EN DOUTER...
ELLE REPRÉSENTAIT TOUT POUR LUI. JE LE VOYAIS SUR SON VISAGE.
ET JE COMPRENDS AUJOURD'HUI ...
POURQUOI IL AVAIT LES NERFS À FLEUR DE PEAU, CE JOUR-LÀ.
NE T'EN FAIS PAS POUR ELLE, ELLE SERA HEUREUSE.

... HM...
NOUS NOUS SOMMES EMBRASSÉS POUR LA PREMIÈRE FOIS...
CE SOIR-LÀ.
DIS...
JE PEUX T'EMBRASSER... ?
HEIN ? POUR ME CONSOLER... ?
NON NON, C'EST JUSTE QUE J'EN AI ENVIE.
JE PEUX... ?

NOTRE BAISER FUT TENDRE ET SUCRÉ...
SANS DOUTE LES LÈVRES LES PLUS DOUCES QUE J'AI JAMAIS EFFLEURÉES.
ET JE NE POUVAIS ME RETENIR DE VERSER DES LARMES.
... POURQUOI TU PLEURES ... ?
EXCUSE-MOI...
JE N'ARRIVE PAS À ME CONTRÔLER ...
DÉSOLÉ...

SANS DOUTE ÉTAIT-CE DE LA COMPASSION ?
LA TIÉDEUR DE NOS CORPS NOUS CALMAIT...
LE TEMPS D'UN INSTANT, NOS ANGOISSES S'APAISÈRENT.
J'ÉTAIS PARFAITEMENT CONSCIENT QUE CE N'ÉTAIT PAS LA MEILLEURE FAÇON D'AMORCER UNE RELATION...

MAIS NOUS NOUS ENLAÇAMES INTENSÉMENT EN OUBLIANT TOUT LE RESTE...
J'EUS, À CET INSTANT, LE MALHEUR DE PENSER QUE J'ÉTAIS HEUREUX.
ATSUKI NARUSAWA ?
OUI...
C'EST TOI QUI N'ARRÊTES PAS DE COLLER MON FRÈRE CES DERNIERS TEMPS, N'EST-CE PAS... ?
... AH, VOUS ÊTES... ?

OUI, JE SUIS SA SŒUR.
JE NE SAIS PAS POURQUOI NI COMMENT IL EN EST ARRIVÉ LÀ...
J'IMAGINE QUE TU SAIS POURQUOI JE SUIS LÀ.
JE VOUDRAIS QUE TU ARRÊTES DE LE DÉTOURNER DU DROIT CHEMIN.
MAIS LAISSE-MOI TE DIRE QUE C'EST UN GARÇON TOUT CE QU'IL Y A DE PLUS NORMAL.
... C'EST RYÔJI QUI VOUS A PARLÉ DE MOI... ?
IL M'A SIMPLEMENT DONNÉ TON NOM.
JE SAIS QU'IL VA SOUVENT DORMIR CHEZ TOI.
MAIS JE SENS QU'IL A CHANGÉ.
IL NE ME REGARDE PLUS EN FACE.
IL N'EST PLUS LE MÊME.
C'EST ...
C'EST PARCE QUE VOUS... !

NE T'EN FAIS PAS POUR ELLE, ELLE SERA HEUREUSE.
... ?
... HM...
... RIEN DU TOUT, PARDON.
AU REVOIR.
COMMENT ... ?
AH...
REVIENS ICI, JE N'AI PAS FINI...
NOTRE AMOUR EST MALHEUREUSEMENT SUSCEPTIBLE DE BLESSER NOTRE ENTOURAGE.
NOUS N'AURONS PROBABLEMENT JAMAIS LE DROIT...
D'EXPRIMER NOS SENTIMENTS LIBREMENT...

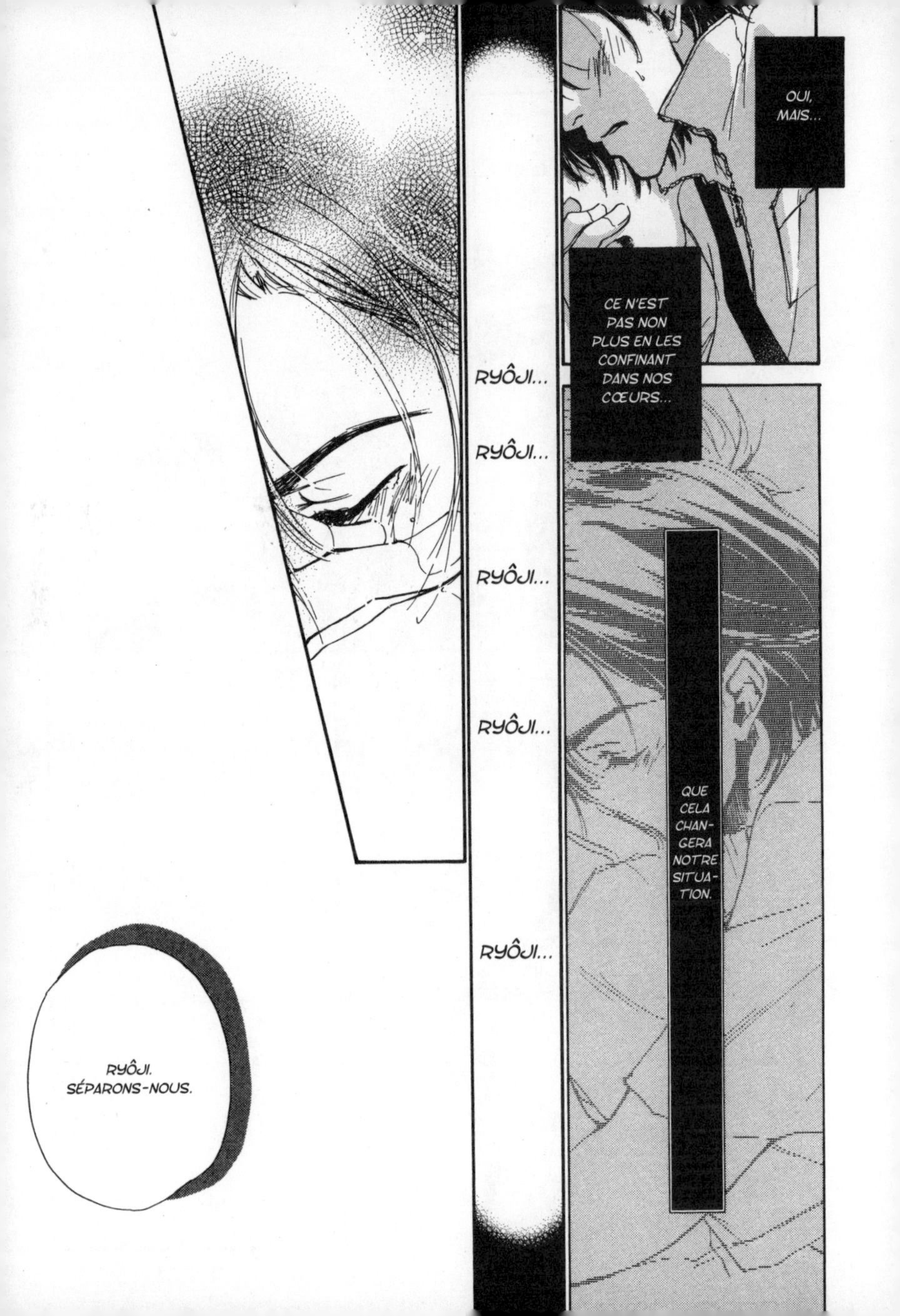
OUI, MAIS...
CE N'EST PAS NON PLUS EN LES CONFINANT DANS NOS CŒURS...
QUE CELA CHAN-GERA NOTRE SITUA-TION.
RYÔJI...
RYÔJI...
RYÔJI...
RYÔJI...
RYÔJI...
RYÔJI. SÉPARONS-NOUS.

... QUOI ?
JE SAIS QUE C'EST TROP TARD...
MAIS IL VAUT MIEUX QUE NOUS NOUS SÉPARIONS.
POURQUOI ?
POUR NE PAS SOUFFRIR INUTILE-MENT...
TU N'ES PAS GAY...
ET JE SUIS SÛR QUE TU TE TROUVERAS UNE COPINE SANS PROBLÈME.
QU'EST-CE QUE TU RACONTES ? TU M'AIMES PLUS, C'EST ÇA ?
NON, TU TE TROM-PES...
TU NE VEUX PAS QUE TA SŒUR SE FASSE DU SOUCI POUR TOI, NON ?
POURQUOI TU ME PARLES D'ELLE... ? TU LUI AS PARLÉ ?
JE L'AI SIMPLEMENT RENCONTRÉE PAR HASARD.
ON A DISCUTÉ QUELQUES MINUTES.
ELLE TIENT VRAIMENT À TOI, TU SAIS.

ET JE ME SUIS DIT QUE CE QUE JE FAISAIS ÉTAIT MAL.
... TU T'ES SENTI COUPABLE À CAUSE D'ELLE... ?
OUI, SI ON VEUT.
ET DONC ?
TU VEUX ME QUITTER SIMPLEMENT À CAUSE DE ÇA ?
FORCÉMENT, JE COMPRENDS MIEUX POURQUOI TU PENSES QUE JE VAIS SOUFFRIR.
TU ME SAUTES DESSUS POUR TE SOULAGER, ET ENSUITE TU ME JETTES COMME UNE CIGARETTE, C'EST ÇA ?
HEIN ? DIS QUELQUE CHOSE...
ATSUKI.
JE N'AI PAS LE DROIT DE TE RENDRE MALHEUREUX, RYÔJI...
...

NE ME DIS PAS QUE...
TU AS ENVIE DE VOIR TA SŒUR PEINÉE À CAUSE DE NOUS... ?
JE SUIS EN TRAIN...
DE TE POSER UNE QUESTION.
SI TU NE ME SUPPORTES PLUS...
ET QUE TU N'AS PLUS ENVIE DE ME VOIR...
JE VEUX BIEN COMPRENDRE.

ATSUKI.
TU NE M'AIMES PLUS ?
SI, JE T'AIME...
JE T'AIME
JE T'AI...
DANS CE CAS, OÙ EST LE PROBLÈME ?
CELA NE FAIT PEUT-ÊTRE PAS PLAISIR À MA SŒUR...

NOTRE AMOUR ÉTAIT LOIN D'ÊTRE SIMPLE...
MAIS C'EST MOI QUI DÉCIDE...
DE MON PROPRE BONHEUR, NON ?
ET NOUS ÉTIONS TRANSPORTÉS SANS LE VOULOIR PAR LES FLOTS DE LA VIE QUI NOUS EMPORTAIENT AU LARGE SANS QUE NOUS PUISSIONS Y FAIRE QUOI QUE CE SOIT.
MAIS MALGRÉ ÇA, JE NE POUVAIS ME RETENIR DE SUPPLIER LE CIEL...
ATSUKI...
JE T'AIME.
« JE VOUS EN PRIE, FAITES QUE NOUS PUISSIONS TOUS, UN JOUR, ÊTRE HEUREUX ».
• FIN •

DEAR GREEN

POSTFACE

Merci de tenir entre vos mains ce manga ! Cette histoire raconte la suite de Dear Green et plus particulièrement le passé des deux personnages principaux (comment ils ont commencé à se fréquenter).

N'hésitez pas à lire le premier opus si le cœur vous en dit...

Merci à toutes mes assistantes et à toute l'équipe éditoriale pour leur aide !

Otoumi.
Je suis partie avec l'intention de le dessiner en bellâtre, mais j'ai en permanence l'impression de ne jamais y parvenir... Pas facile d'être mangaka...

Je poursuis toujours le récit de la vie de nos deux héros, à mon rythme... J'espère que vous ne pensez pas que je vous oublie ! L'histoire en fin de manga est une publication particulièrement ancienne que je n'ai pratiquement pas retouchée. Je me demande même si je ne me suis pas trompée dans l'ordre d'imprimerie... J'espère tout de même que vous passerez un bon moment en ma compagnie, et vous dis à très bientôt dans le prochain volume !

Mars 2005

Hyouta Fujiyama

Bravo : vous avez réussi,
Vous voici sur la page « Atelier » !

Sur cette page vous trouverez en illustration le projet du jour, ainsi que la liste des projets.

Vous trouverez ici l'ensemble des projets.

manga-taifu.com

Super !
Vous voici sur la page « Univers» de votre choix ! (Les autres univers sont toujours accessibles ...)

>>> //

Dans l'univers choisi vous trouverez toutes les infos sur vos séries préférées : actualités, nouveautés, dossiers et les futures sorties.

À droite de votre écran vous pouvez accéder à la totalité du catalogue (ici le catalogue Yaoi).

manga-taifu.com

manga-taifu.com

Découvrir le nouveau site de Taïfu :

JEUX

Dans cette section, Taïfu organisera régulièrement des concours sur vos séries préférées

Aller sur la page : www.manga-taifu.com ^^

À droite de votre écran vous pouvez voir le jeux en cours : ici c'est un jeu sur Love Junkies.

Bravo : vous avez réussi,
Vous voici sur la page « Jeux » !

>>>//

Sur cette page vous trouverez des exclusivités à gagner : artworks, dédicaces, et encore beaucoup d'autres cadeaux !

Indiquez vos coordonnées, et jouez !

manga-taifu.com

manga-taifu.com

Découvrir le nouveau site de Taïfu :

DOSSIERS

Les dossiers sont des articles sur les séries s'adressant aussi bien aux lecteurs qu'aux professionnels. Retrouvez-y des infos sur vos héros.

Aller sur la page : www.manga-taifu.com ^^

Vous pouvez accéder à la page « Dossiers » via la barre des menus,

ou bien même par l'illustration « Dossier » (ici le dossier cobra).

Dans la page « Dossiers », vous pouvez choisir le votre !

Vous avez séléctionné votre dossier, vous y retrouvez des illustrations, un synopsis, des informations et une analyse de la série.

manga-taifu.com

The TYRANT who fall in LOVE

Tetsuhiro Morinaga est amoureux de Sô-Ichi Tatsumi depuis bientôt plus de quatre ans. Ce dernier est macho, violent et surtout homophobe... Morinaga est conscient du peu d'espoir qu'il a de voir un jour son amour pour Sô-Ichi se concrétiser, lorsque soudain une occasion unique se présente à lui...

Ses sentiments parviendront-ils à toucher le coeur de son partenaire ?!

Tendre voyou

Le Conseil des Elèves garde toujours un oeil sur Towa Aikawa, un étudiant « délinquant » qui aime se cacher sur le toit de l'école, son petit endroit « illégal ».
Un jour, en allant sur son toit, il se retrouve nez à nez avec Mikado Shirahane, le garçon le plus sexy et intelligent de l'école....
Pourquoi Towa tomberait-il amoureux de Mikado ? Peut-être à cause des baisers passionnés et des regards langoureux de ce dernier ?

INTERVAL

Ayumu Kashiwagi fait partie du club de saut à la perche de son lycée. Il est secrètement amoureux de Takahito Shinohara, mais Atsushi Sawatari, un élève plus âgé et s'entraînant dans le même club qu'Ayumu, le découvre et en profite pour abuser sexuellement de lui. Sawatari semble froid et indifférent, mais il manifeste parfois des marques de gentillesse envers Ayumu. Ce dernier en éprouve un grand trouble...

BROTHER

Asuka a 12 ans lorsqu'il rencontre pour la première fois son frère par alliance, Yui âgé de 7 ans. Les deux garçons se lient immédiatement et deviennent vite inséparables jusqu'au jour où ils se retrouvent enfermés dans un cagibi. Dès qu'ils sont libérés, Yui change du tout au tout et évite Asuka, au point de partir de la maison en intégrant une école de tennis.
10 ans plus tard, Yui est devenu un champion de tennis alors qu'Asuka ne s'est toujours pas remis du départ de son « frère ».

Les deux jeunes hommes finissent par se retrouver au même endroit et Yui dévoile ce qui s'est passé 10 ans auparavant et comment cela l'a transformé.
La vie des garçons va-t-elle être chamboulée à tout jamais ou parviendront-ils à se rapprocher et redevenir unis comme avant.

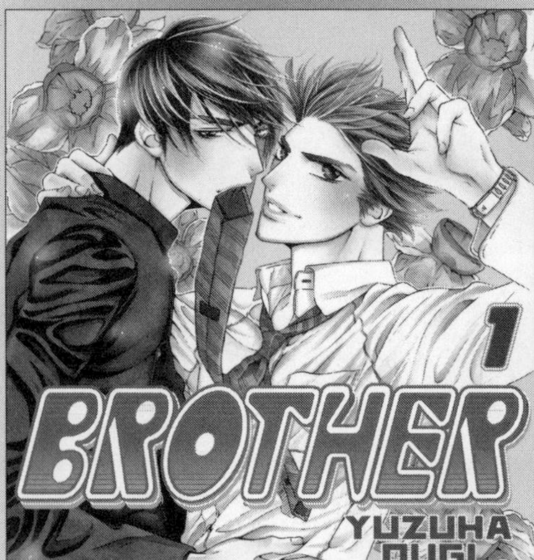

I.D.

Hinari, un jeune détective de police effectue une livraison d'échantillons au laboratoire médico-légal. Il y rencontre un chercheur, Yasoshima Shiro qui rappelle à Hinari son premier amour… un gentil commissaire.
Frappé au cœur dès le premier regard, Yasoshima tombe sur Hinari comme un fauve sur sa proie. Bien qu'il ait du mal à l'admettre, ce dernier n'est pas aussi insensible que ça au charme de Yasoshima. Pourra-t-il résister longtemps à cet étrange et beau scientifique ?!
Laissez-vous entraîner dans cette histoire d'amour drôle et délicate !